李国彬 ——

# 我要罗拉

著

天津出版传媒集团

百花文艺出版社

图书在版编目（ＣＩＰ）数据

我要罗拉 / 李国彬著. -- 天津：百花文艺出版社，
2017.10

ISBN 978-7-5306-7315-7

Ⅰ.①我… Ⅱ.①李… Ⅲ.①中篇小说–小说集–中国–当代 Ⅳ.①I247.5

中国版本图书馆CIP数据核字(2017)第235573号

选题策划：唐 嵩　　　　　　封面设计：苏艾设计
责任编辑：唐 嵩 李亚子　　　封面绘图：张 洁
版式设计：郭亚红

**出版发行：**百花文艺出版社
**地址：**天津市和平区西康路 35 号　**邮编：**300051
**电话传真：**+86-22-23332651（发行部）
　　　　　　+86-22-23332656（总编室）
　　　　　　+86-22-23332478（邮购部）
**主页：**http://www.baihuawenyi.com
**印刷：**天津海顺印业包装有限公司分公司
**开本：**787×1092毫米　　1/32
**字数：**120 千字
**印张：**7.125
**版次：**2017 年10 月第1 版
**印次：**2017 年10 月第1 次印刷
**定价：**38.00元

# 目录

# 我要罗拉

## 一

这种叫作盐酸氯丙咪嗪的注射液，我已经连续用了一个礼拜，而且，每天的剂量都在加大，昨天已增加至150毫克，我的两只手上扎满了针眼儿，看上去如刺绣一般。尽管如此，我的症状仍然不见好转。

睡不着，睡不着，哪怕是一秒钟也睡不着。我不知道是谁偷袭了我，又在什么时候将那个沉重的工业卡尺卡在了我的头上，并一点一点往脑髓里挤压，我感到颅骨即将破裂，并能听到细微的断层声。我向医生绘声绘色地描述了我的感受，医生说：没有人会这么做，你要安静。我为医生对病人的漠视而充满了对抗和痛苦。

大概是到了下半夜了，我有了睡意，实际上是浑身疲倦带来的反应。恍恍惚惚之中，我被一种隐约的埙声撩醒，这声音浑厚而悠长，听来则是在我混浊的心底缓缓搅动，令我不安和凄惶。

我睁开眼睛时，看到窗外的月亮竟然一动不动，像是贴在天上的一片圆圆的树叶子，又像是一颗晶莹的湿润的即将滑落的秋露。这和那天晚上没有任何区别。

## 二

我从艺校练功房出来时已是深夜十一点二十分，走进那条深达一百多米的巷子时才发现，巷子内原有的三盏路灯如今只剩下了一盏。仔细看去，这条巷子像是被羽化了一般，由明至暗，渐渐地淡出。我并没有太紧张，因为这条每天我都要走上好几次的老巷子犹如父亲的手掌，厚实而亲切。

我走出最后一抹光晕时，才有点不安，我突然感到两边的墙壁是那么的陡峭，月亮的光辉根本就无法照进来，走在下面，犹如走在黑暗的井底，而此时所有的声音都被放大了，我的心跳急促而沉重。就在这时，我看到了一双眼睛，这双眼睛在这两个月里，每当我独自在练功房练功时，它们都会闪现，神秘阴森得如同飘浮在空中的两粒闪光的幽灵。有一段时间我觉得这双眼睛和另外一些男生的眼睛并没有什么区别，是对一个舞蹈班尖子的垂青，目光中饱含的那种仰慕、惊艳和渴望，常常能使我抛却不安而沾沾自喜，一个女孩的感觉就这么简单。而现在则令我恐慌。我应该马上停下脚步，给在家的父母打个电话，我的手机就挂在胸前，或干脆往回走，从最切实的预感中逃离。但鬼使神差的是，疲劳使我的侥幸心理占了上风，从而使我根本就不相信只会发生在影视作品和文学作品中的事情真会发生在我的身上。

于是，我仅仅犹豫了一下，又继续向前走去。我的脚步迅捷而凌乱，我想赶快走完脚下这段熟悉而陌生的路，跨进自己的家门，我甚至听到了父亲房间里的音乐声。他总是很晚的时候，一边批改着学生的论文，一边欣赏着音乐。就在这时,他们出现在我的面前,瞬间阻断了我急切眺望家门的视线。

他们把我逼到一个潮湿而阴暗的墙角,我终于看清,这是两个英俊而健壮的男孩,也是我们艺校的。其中的一双眼睛正是每天在我练功时要在我身体各处逡巡数次的那一双。此时,它们充满了淫欲和罪恶。

我没有反抗,因为我的大脑完全冰结,身体由于丧失意志力而无法站立,但我能清晰地感觉到,一个高个子男孩先把我的两条胳膊举起来,然后向后抵在墙上。那个长着罪恶眼睛的男孩用颤抖的手,笨拙而粗野地剥去了我的衣服,当我觉得一根粗壮的楔子嵌入我的身体时,我知道这些年来我最担心的事情发生了,我被人强奸了。我懂事以来,小心留守和培育的一粒珍珠就这样被人强行采撷了。

强奸我的男孩一直在颤抖,我能听到他的牙齿在打着战,吻我时嘴唇冰冷,而那个死死抵着我两条胳膊的高个子男孩则要从容老练得多,他不停地小声威吓我:别喊,别喊!你知道,这里是艺校的宿舍区,别喊!我恐惧地点着头,羞辱而痛苦地配合着他们进行了一次完全形式的强奸。

我以为他们肯定要轮奸我,但他们没有这么做,那个高个子男孩把我搂在他的怀里,用胳膊锁着我的喉咙,指了下那个在一边慌慌张张系裤子的男孩说:现在没事了,他得不到你,他就要死了,谢谢你成全我的朋友。下个礼拜我们就要毕业了,星期六,麻烦你再来一次,就一次,明白吗?他用脸挤着我的脸说。我已不会说话,他松开我时,我就像一条被人连根斫去的大海藻,松软地顺着墙体瘫痪下去。高个子男孩再次抱起我,提起我的裤子,下巴斜抵在我的脖子上说:刘露露,我们不怕你,你听明白了吗?说完,他丢下我,和那个男孩一起,像一对鼹鼠,转瞬间就消失在黑暗中。

疼痛在下半夜接踵而来。长到十九岁,我从来不敢抚摸自己的下身,现在,我感觉它在不停地肿胀,而且伴随着一阵阵细腻的撕裂感。我的头部、脑部,我的两个腋下,我的大腿两侧,都像是有一只枯瘦而有力的手在抓着,一阵阵地痛。我淋浴时才想起来,那个强奸我的男孩,当时由于紧张,两只手一刻也没放松过我的胸部,以保持他的平衡。现在,我的两个乳房已紫成一片。

洗完澡后,我蜷缩在被子里,整个人抖成一团,想到那场野蛮的掠夺,想到怀孕,想到我再也没有第一次奉献给我未来的爱人,想到那个高个子男孩临走时

5

说的那句话，我绝望而恐惧地哭了。而带研究生的父亲就在楼下批改论文，我不敢哭出声来，就紧紧地用被角捂住自己的嘴巴。可是，父亲还是觉察到了什么，他上楼来敲我的门，我忙止住哭泣，装着睡意沉沉的样子。

第二天天刚亮，父亲就来到我的床前，抚了抚我的额头，看了看我就走了。接着母亲也来了，反反复复、唠唠叨叨地问我怎么了。我真想一头扑在二老的怀中，把自己受到的惊吓、侮辱，把自己的恐惧和绝望，一股脑儿地告诉他们。但我不敢，我不想让母亲受到震惊，也不想让把女儿视为掌上明珠的父亲蒙受这么大的耻辱。

父母亲在我这里一无所获，最后走到楼梯当中，两人小声地议论着什么。我怕他们会商讨出一个有效的策略，迫使我将事情的真相和盘托出，于是我连忙起床，梳洗打扮了一番，匆匆出了门。

这台叫《爱之后现代》的大型歌舞剧是和每一个演员签约的，作为《爱》剧中的主角之一，我自然不能例外，这就是我为什么每天都必须在练功房独自练到深夜的主要原因，从而也是我沦陷于厄运的主要原因。

我赶到排练场时，第三幕《情绪的颜色》彩排已经开始。作为本次演出的签约领袖、《爱》剧的总导演、舞美老师王 Art 见到我进场,显得很不高兴,他一边用自己流畅而圆润的肢体语言为台上的演员们做示范,一边还能腾出空间用极其不满的眼光看我。最后,他做了个手势,叫停了伴奏,再终结演员们的排练,然后又啪啪地拍了几下手掌,环视着宽大的舞台说:都有了。再合练一次,从 Bachelor(未婚男子)开始,注意 Chest(胸部),挺拔起来,很伟岸很耸峙的那种,明白了吗?要对环境有个交代,要让观众在我们的情绪中找到依托,是最最张扬的那种,而不是一块块 Chocolate(巧克力),OK!

于是, 二十多个男女演员随着他喊出的节奏,在狂风暴雨中舞蹈起来。舞台是全木板的,演员们的脚下发出一阵阵"嘎吱嘎吱"和"踢踏踢踏"的声音。不久,伴奏代替了王 Art 喊出的节奏,王 Art 退到一边,一挥手,示意我过去。

当我走近他时,他叉着腰,先冲我叹了口气,然后态度恶劣且不无揶揄地说:露露,你现在还不能够做派,我们一切都还没有为你准备好,我是说提供一个充分的膨胀土壤。我们还不行。这场《爱之后现代》到目前为止,还是一锅夹生饭,是 Crisp(脆的),每个人必须兢兢业业,恪守章程,必须要有危机感和风险意识。无论多么厌倦，心里都要不断重复一句话:I like dancing(我喜欢跳舞)。因为我们签了约,开始与经济有了关系,绑在了同一个火药桶上,OK! 在舞台的最后演出中，我们必须挑剔、苛刻，只要鲜花，不要Happening(意外事件),OK!

我眼里噙满了泪，我想不全是因为王 Art 的态度和自己的自责。我不停地点着头，表达着自己已受到的训斥和震动。王 Art 却愤然转过脸去，快步走到舞台当中，不断地呵斥着那些动作表现变形了的演员,他多像一个雄心勃勃又无恶不作的奴隶主。

合练在一阵狂飙的架子鼓的打击声中结束,我没敢等王 Art 的助手李伯爵的暗示，马上滑步到舞台当中开始独舞。我要表现的是一个萌芽的意象,一个抽象到具象的状态,要通过十五分钟的动作再现我的环境、我的状态和我的渴望。这个过程由 113 个动作构筑而成,要求演员全神贯注,准确到位,哪怕有一个环节残缺,就不算细腻,就会削弱对观众情绪的影响力。

但上台不到五分钟,我的意念便开始摇摆、飘移,我的艺术感觉很快就被升腾起来的黑块覆盖,它们是下身疼痛骤然引起的羞辱、不安和惶恐。

王 Art 像雷达一样，马上就把我一片混乱的心态锁定了，他立刻冲上来，躁怒地呵斥我：喂！喂！喂！你的眼睛！你的眼睛在寻找什么呀？你的眼睛不在情节里呀！而是在台下！你要跟谁对话？跟椅子？你整个动作完全丧失了最起码的轴承感，和你的眼神一样飘忽。你还在不在我们这个意象中？你在放飞艇，你的舞台感觉完全是 Oblong，Oblong（长方形的），OK！

我的排练随即宣告失败，王 Art 愤怒地把一张椅子摔向墙角。那里有一筐便当盒子，遭到猛然一击，便如一盆水，溅得满地都是。

当全部演员陆续离开排练场后，王 Art 把我和另外三个女演员留了下来。

接着，王 Art 跑到舞台一端站着，思索着什么。过了一会儿，他把长长的头发往后一甩，擦去满脸汗水，然后让我们四人继续排练。尤其是对我，王 Art 像一个可恶的监工，一个环节都不放过，一层一层地过滤和梳理，直到他叫停为止。

露露，我们要谈谈，尽管你很累。王 Art 对我说，同时示意那三个女孩可以离场。你的情绪突然发生了变化，这让我很担心。你要知道，在全团六十名演员当中，在《爱》剧中，最让我敏感的就是你。因为，你是主角，

9

是众香中的第一味,你在台上必须 Brighten(闪亮),你的情绪十分重要,可以照亮我们全团的命运。否则,我得全盘输定,我得赔钱,坐牢……

王 Art 的话没有说完,但是我知道他要说什么。他想说他已骑虎难下,这场戏已排了近两个月,下个礼拜三就要首演,换主角已不可能。他显然还想强调,我也是签了合同的,演砸了这场戏,同样要负担 15 万元的债务。关于这一点,的确令我惊栗,因为我还是个地地道道的穷学生,我的生活方式基本上还取决于父母的钱袋。

果然,下午彩排前,李伯爵又开始把我们几个主要演员集中到一起训话。这是个在剧团里仅次于王 Art 的二号人物,也是王 Art 的小脑。他精通音乐、剧作、舞美、灯光、财务、公关,还包办剧团与外部的所有官司,连王 Art 嘴里的许多贫词都少不了他的设计。我们都感到这个人满腹阴谋诡计,要比王 Art 难对付得多,是个大阴谋家。

李伯爵在王 Art 做了简短的发言后,开始跟我们谈本市最近的外戏上市情况,描述了一些人因此而如日中天的情景,又描述了一些人因此而倒毙台后、愤然投江的惨状。说到《爱》剧,他先是把演出时间一格一格地精算到秒,然后,用浓重的湖南口音读了一份剧团和九歌演出总公司订的合同,又读了各个主要演员和剧团订的合同,合同读完了,就宣布解散。众人一起竖大拇指:毒!随后各自便顶上了一把刀,心里无不沉甸甸的。

星期六的夜晚,对于我来说,是从太阳刚升起的那一刻就开始的。那个黑暗中高个子男孩的话,早早地就萦绕在我的耳畔,令我周身都笼罩在不安和恐惧中。我没有起床,一直紧缩在被子里,正要上班的父亲来催促我时,我以身体不舒服为由让父亲为我请假。

王 Art 对我父亲十分尊敬,并详细介绍了我在剧团里的卓越表现以及优秀品质,但对于我的请假要求,他显得十分勉强。

我几乎在被窝里蜷缩了一整天,到了晚上十点以后,我浑身抖个不停,我想那两个男孩肯定在那个巷口等我呢!我开始矛盾,并为自己而担忧,我觉得我躲得掉这个星期六,绝对躲不掉下个星期六。最为可怕的是,他们要是跟踪我到剧组怎么办?他们要是公然在艺校的网站上曝光这件事情又怎么办?那个高个子男孩不是说最后一次吗?他说话会算话吗?如果他们能履行诺言,从此不再纠缠我……

我真不知道自己是怎么说服父母的，竟然主动向那个巷口走去，我只求这最后一次的屈辱能换来宁静，我只求他们果真能在那里等我，和我认真地兑现约定。但是那里没有他们的身影，我在黑暗中，在那天被他们强奸的那个位置抖成一团，只等他们能快点来，快点拿走他们想要的东西，快点把这笔黑账算清。

　　一个小时很快就过去了，我的腿都麻木了，可是仍然没见到他们的身影。我突然感到自己的可笑、可悲、可怜和愚蠢，我疯了似的往家跑去。

　　大型歌舞剧《爱之后现代》的首场演出进入了倒计时。走在大街上，人们可以不时地看到一幅幅巨大的喷绘广告，也可以看到《城市晚报》上的彩版介绍。许多单位都收到了演出公司发出的 DM 直邮宣传页。稍稍偏离市中心的地方，则贴满了招贴画。许多报亭、电话亭还挂上了 POP 吊旗。

　　19 号下午三时，《爱》剧演出前的新闻发布会在市电视台四楼转播大厅召开。演出公司、剧团、导演、主要演员代表、新闻媒体记者、市文化局、市戏剧家协会、市委宣传部共三百多人参加了会议。演出公司与其说是做新闻发布，不如说是做灌肠式广告轰炸。那个胖得如同面团似的演出公司总经理坚定地说：《爱之后现代》没有解释权，《爱之后现代》的解释权属于司匹克大剧院里的近万名观众。我们最后和你们一样，所能听到的呼声只能有一个：哇！《爱之后现代》的演出怎么就这么成功！

镁光灯立刻闪成一片，掌声像是从屋顶甩下的大把大把的银圆，噼里啪啦地砸在胖经理的身上。

作为《爱》剧的总导演，王 Art 做了一番激情讲演。接着按照李伯爵事先安排的内容，主要演员们开始一一发言，和演出公司的代表们合影。但我没有发言，也活跃不起来，我听说今天艺校也来了人，我一直在紧张地寻找那双眼睛，身上一阵又一阵地冒汗。

10 月 22 号晚七点四十分，《爱之后现代》的首场演出正式开始，司匹克大剧院座无虚席，连包厢都坐满了人。他们来自几十个文化艺术团体。他们身份高雅，气质不凡，目光炯炯有神，早就摆出一副鉴赏的架势。

第六场叫《流淌》，是关于阐述黑暗情绪的，男女演员必须在电闪雷鸣中完成十几个高难动作，譬如空抛、360 度转体、空中飞叉等。

王 Art 在我上台时一把拉住我，不停地跟我说：露露，这场戏有三个高潮点，要把所有的情绪都贯彻进

13

去,要有提示人物关系的意识,后三场的空间关系必须在这一幕全部铺垫到位,你要勇于展望观众的心理,You had the courage to speak up(有勇气说出自己的见解),譬如强暴、侮辱、恐惧、羞赧,OK,Take courage(鼓足勇气),上!

我在第三节交响乐声中滑步出场,那个男演员迎接了我,暗示他是我的一半灵魂,要试探我在罪恶面前的贞洁感和反抗的决心。几个动作下来后,他便按照王 Art 的交代开始不停地提示我,先是有关主题、表意、造型等元素,接着又是力度、速度和情感,等等。

露露!露露!他就这样不停地令我烦躁和紧张地喊着我的名字,还学着王 Art 的腔调:你要感受到一种埋伏,一种杀机,来,跳! 来,让我们一起跳,注意平衡!

我心里在这个时候突然发生了变化,我的目光偏离了情节的要求,我情不自禁地在寻找台下那双眼睛,因为,艺校来了许多人。

我没有旋转到位,并在落地时失去了重心和坚持力。我像一块僵硬的石条,重重地砸在了那个可怜的男演员身上。

那一刻,我的记忆陷入了一片黑暗之中。

我被诊断为小臂骨折，但我觉得断裂的应该是我的精神维系。那个男演员和剧团的几个女演员到医院来看望了我，不完全地说了一些有关《爱》剧演出的最后情况。我感到剧团因为我已开始惹上了麻烦，即使我是伤号，也逃脱不了责任和惩罚。我不敢设想王Art见到我时会是什么样子。

在我整个养伤期间，王Art和那个尖白脸的李伯爵都没有来看我。

三

早晨，有一缕阳光从窗台上的那株菊花的花瓣上静静地滑落，把我的手臂染得金黄金黄的。也不知医师在什么时候拔走了我手臂上的针头，那个针眼处有一团棉花，我竟然在浑然不觉中用手捏了几个小时，上面渗出了一点点玫瑰色的血迹。这时，我听到医师在走廊外提醒什么人走路要轻些，我感到一种关爱、温馨和宁静。

不一会儿，医师走向我。她轻轻地坐在我的床头，手里拿着我的申请说：刘露露，我这么早就来打扰你还是因为你的申请问题。这个事，你能否再慎重考虑一下。

我摇了摇头,我感到浑身无力,像一团浮云。医师温和地说:我们总觉得你比刚住院时稳定多了,而且在走上势。

我再次摇了摇头,表示我的感觉相反。

医师问:你的躯体反应与来的时候相比,你就没有感到一点点减缓吗?

我固执地并不实事求是地点了点头,我只想坚定不移地达到我的目的,以证实我的期盼。

医师在相当长的一段时间里就那么微笑着看着我,脸上的神情是无奈的,最后她叹了口气说:刘露露,电休克不是适合所有人的。你最初是从哪里知道这种疗法的,我们医生提示过你吗?

病友,我说,前两天在食堂吃饭时,江西的病友老尹告诉我的,他做过。他说很有用,他就好了许多,所以我非常想试试这种疗法。要花很多钱吗? 我可以倾家荡产……

说这些话时,我很激动,并带着一种愤恨的情绪。

医师仍然微笑着说:同样一种疗法,在两个人身上的反应是不一样的。知道吗,在西方,这种疗法一向是被冠以"暴力"或"残忍"二字的,尤其是对女性,更是慎之又慎。

我就想试试。我眼里肯定噙满了泪水，说这话时，我好像在看着一个不大的逃生窗口，看到了一条延伸在绝望之处的细长的路。

医师充满责任心地继续向我说明：这种疗法主要是让病人在麻醉状态下接受强电流的刺激，使大脑处于短暂休克状态，而且一旦做了，就要进入疗程，一般二至三周要接受五至十二次电击，否则将前功尽弃。

我的病床右侧，紧靠暖气片的地方，有一只洁白的床头柜，上面摆放着我常吃的几种药，有蓝芷安脑胶囊、百忧解、氯硝西泮片，等等。我看着它们，心里充满了泄气和沮丧。我对医师说：不管这个疗程有多么艰难，我都接受，十二至二十四次也可以，一百次也可以。阿姨，你不知道我多么需要一种暴力和残忍，我身上有魔鬼，又多又大又险恶，我要战斗，而我没有武器，我要求你们能帮助我……

我控制不住自己的情绪了，眼泪早已顺着脸颊流淌出来。

医生感到棘手了，那只拿着我那张申请的手，无力地搭在腿上。

我们沉默了一会儿。这时，医生说：还有两点，做电休克是有危险的,之前一定要有家属签字;另外就是,在做电休克期间,所有的记忆都会丧失。

忘掉更好,全忘掉吧。我真希望像消磁一样将我的过去全部抹尽。我只希望空白。我不停地翕动着鼻翼说。

这时,外面传来一阵十分好听的电话铃响,一个男护士接完后,向我们这个方向喊:刘露露,请接电话。我忙下了床。

电话是妈妈从家乡打来的,她在电话里显得很虚弱,呼吸中含有重重的摩擦声。关于我的病情和生活,她问这问那,问了一大圈,然后问我有没有收到她和爸爸寄出的信。我说没有。母亲说:你可能很快就会收到,你多看看,考虑考虑,我主要想跟你谈谈王 Art 的事。

四

这是歌舞剧《爱之后现代》演出失败后的第六个礼拜,团里给我下了个通知,要我去司匹克大剧院十二楼参加会议。我感觉这封信是封凶信,心里做了最坏的打算。我用整整一个晚上,写了一封长达八页的检

18

讨,在最后的部分诚恳地表明《爱》剧的失败是由我一人造成的,我本人愿意承担一切有关名誉上的责任,取消所有报酬。但我希望团里能考虑到我还是一个正在艺校读书的学生,考虑到我的经济状况和认罪态度,适当减免一些费用,或允许我分批偿还。我在检讨正文的后面列了一张分期付款计划,并充满内疚地注上了父母的经济收入情况。

会议召开时,参加《爱》剧演出的人员除一人结婚,两人参加电视剧拍摄以外,全部到场。会场里的气氛很压抑,大家脸上的表情生硬而凝重,有的男演员不再顾忌李伯爵曾经订下的规矩,开始抽烟。还有的演员将头交错在一起,小声讨论着如何逃避和推卸合同债务。

王 Art 并没有坐在主席台上,而是坐在紧靠墙角的一个窗口处,由于是逆光,看上去像一块没有生命的石头。他转脸打手机时,我才发现他的脸部和眼睛都是肿胀的,额头上敷着一块棉纱,有一团淡淡的血迹隐约地从棉纱底部浮上来。很显然,他跟谁打架了。打完手机,他又沉默起来,脸色和脸形同样难看。我知道这意味着什么,这意味着他将在下面的内容里大搞兴师问罪那一套,然后暴风骤雨般地把内心的愤怒全部发泄出来。而我得站在正面迎接刀箭的位置，会死得很难看。我心里紧张得一个劲儿地捯气儿。

八点四十五分，会议开始，王 Art 没有做首席发言，李伯爵做了他的代表，我估计是要先谈谈《爱》剧演出的事，然后再引出有关责任的话题。

李伯爵从皮包里拿出厚厚的一沓报表来，有些迟钝地沉闷地看了一会儿，然后抬起头来环视一下会场，接着慢条斯理地说：我代表王 Art 向大家公布一下演出费用的事。

谁都没想到一贯爱绕弯子饶舌的李伯爵会如此开门见山，大家纷纷把目光垂了下去，台下鸦雀无声。我悄悄地从风衣里拿出我的检查，我的手抖个不停，我不知道会让我赔多少，我最怕的是会让我承担本次演出三分之一的损失。那时，我可能要直接面对法庭，搭上我十九年来所有的梦想和追求，另外还有我父母的期望和尊严。

这时，我听李伯爵说：本次演出，团里和演出公司签订的合同是 220 万，由于演出失败，剧团亏损 120 万。目前，所有的后期谈判和兑付都已结束，下面这笔账是大家的。

台下出现了一阵小小的骚动，继而便归于沉寂。

我不停地看着我手里的检讨,感到这检讨与目前剧团所蒙受的损失相比显得幼稚而又可笑。

李伯爵说:一共彩排了68天,每人每天的夜餐补助60元,总计一下,每人应得夜餐补助4080元。其中,刘露露住了一个多月院,多补助2000元,希望大家能理解。过一会儿,你们到财务科去,把补助费领走。然后……大家可以回到各自单位去了,大型歌舞剧《爱之后现代》演出团今天宣布解散,王导……王导,你还有什么要说的吗?

和我一样惊诧的演员们,全把目光聚集在王Art身上。李伯爵喊第一声时,王Art竟然没听见,李伯爵喊第二声时,他才如梦初醒,整个人一怔,然后环视了一下大家,脸上带着一种十分难看的笑,半天才说:I like dancing(我喜欢跳舞),再见。


第二天,我完全搞清楚了王Art的情况,王Art那张脸是他在和演出公司讨价还价时被打的。据说,若不是李伯爵挺身而出,演出公司雇来的那些小伙子会把王Art从六楼扔下去。

本次演出失败,使王Art赔尽了他四年来经营演艺事业的所有积蓄。他马上要和李伯爵到北京去当

"京漂"，从头开始他的事业。

那是个风沙骤起的天气，我疯了般地在车流中穿行，跑起来时，所有的衣服都被风吹起来，看上去像一只剧烈摇摆的风筝。我的身体不停地和别人的身体相撞，身后不停地传来惊叫声和责怪声。我竟然在城市立交桥下的一个巴士停靠点找到了王Art和李伯爵。王Art已把他那一头飘逸的长发束了起来，穿着一件黑色的韩服，悬在裤腿上的衣袋可以装十几只小狗，身上背着一个奇大的登山包。我冲过去，不顾李伯爵在场，不顾所有等车的人惊异的眼神，一下子扑进王Art的怀里……

五

上午，B区的所有病友都被集中到了会议室，先听江西的老尹做自我检讨。因为昨天上午，这个一向喜欢多事和多嘴的男人把几个病友带到了C区的防护墙下，偷看那里病人的活动情况。

C区是重度精神病人待的地方，医师认为，老尹这样做极为危险，会使轻度病人加重心理负担，带来不良的联想和震动。

会上,老尹把检讨变成了解释和说明。他像拆旧线衣似的扯扯拽拽地唠叨了半天,然后才回到本次会议的正题,表示以后不再到重病区,不再给医师增添麻烦。

老尹检讨完后,医师打开电视,让我们听有关森田疗法的讲座。

森田疗法是日本慈惠会医大神经科森田正马教授于1913年前后创立的一种治疗神经质患者的精神疗法。目前,该理论在世界上被一些发达国家作为临床指导教科书,通用于恐惧症、抑郁症、焦虑症等精神学科。

第三节讲的是《医治心病,生活态度比药物重要》。我正在做笔记时,一直都在做小动作的老尹拍了拍我的肩头,见我看他,便龇着一口瓷牙冲我笑。他不知从哪里弄来一封挂号信,向我晃了晃,然后交到我的手上。

信果然是父母写来的。母亲在信中显得忧心忡忡,所谈的仍然是王 Art 的事。母亲在信中说:露露呀!看来你必须离开医院一段时间了,并且要把我们的点点带回来。王 Art 的案子估计严重了,听说下个月就要开庭。人之将死,其言也善,仇恨再大,也是过眼云烟,还是应该让他们父女见上一面。

我啜泣起来。

六

王 Art 到北京后不到四个月就回到了这个城市，说是一时半会儿在那里还找不到适合自己锋芒的弩。实际上是我一百二十多个日日夜夜，近千次电话瓦解了他。

果然不假，在宾馆里，他紧紧拥抱着我说：没有办法，完全没有好的办法，我在北京再也待不下去了。我中了巫术，每天都会被一种火热的感应所震动，My normal activities were totally disrupted by the sudden event（我的正常活动完全被这一突然事件打乱了）。

我热泪盈眶，带着一种感恩和崇敬的心情，也因为过分的思念和渴求，迎合了他所有的要求和冲动。

他战栗……

一个小时里，我们谁也没说话，世界简单而完全空白。

在随后的夏季里，我和王 Art 解决了几件关系我俩未来的大事。

首先，我毕业了，在王 Art 的建议下，在父亲的运作下，我进了市文化局，做群艺工作。王 Art 以绝对的实力，以他在美国读了四年硕士的黄金品牌，顺利地被当地的一所大学聘为系教授，既教舞蹈理论，也带舞蹈实践课。

我们搭上了爱的快车就再也没有下来。我像一个幸福的影子，频繁地出入王 Art 的公寓，和王 Art 不厌其烦地拥抱、接吻、做爱。每一次都兴致盎然，仿佛当初。时间对于我俩来说完全失去了流动的意义，我们像一对凝固在时空里的坚持交配的冰虾的活化石。而事情也正出在这个夏季。

那是上午，天色阴晦，所有的云团都是灰色的，堆在一起时像一堆霉变的破被絮。

我去看王 Art。都九点三十分了，王 Art 还在床上，一条光溜溜的胳膊向后搭在床单外面，腋毛看上去浓密而漆黑。我有他的钥匙，打开门时，我想这家伙已经醒了。所以当我走到他的床前时，俨然正在酣睡的他突然把我拥入他的怀里，那个动作能使人想到鲸吞这个饕餮之词。接着，他像吃香蕉一样，很快就剥尽了我的衣服，并扔得远远的，让我无法接触，然后抚摸我、吻我，精致而准确地与我做爱。

奇怪的感觉就在这一刹那出现了，王 Art 的急切之情以及他那健美强壮的身体竟然一点也没能刺激到我，我身上所有的神经，包括那些敏感区域内的神经，都如加上了一把锁，或已完全锈死。我的内心没有冲动，没有情绪波澜，尤其是当他开始剧烈运动时，我却感到自己正在虚脱、缺氧，没有能力迎接和膨胀，我在漠然地承受着。另外，过去的每一次，一旦我的身体内有了他的体温，我的脑海里都会一片空白，像被洗涤、冲刷了一般。可今天，我的脑子里却塞得满满的。塞进我脑子里的那些东西粗糙而凌乱，似乎是具体的，看上去却又是抽象变形的。

王 Art 一向就是个敏慧善悟的人。他突然停了下来，久久地看着我，我被吓了一跳。

怎么？你好像不高兴？

不！我在心里慌乱地辩解，可是嘴上什么也没说，我感到一阵阵的紧张和恐惧，情绪如同沉入了几千米的水底，再也无力昂扬起来。为弥补我的过失，我忙抱紧他，掩饰着我的心情，勉强地去暗示他，呼唤他，他这才继续把这件事最后做完。

你怎么啦？他搂着我说。我感觉你有点不对劲，哪儿不舒服吗？一定要告诉我，是不是厌倦了，或者，我不够 Emotion（激情）？

不！我无力而难过地说，再次紧紧搂住他。我为今天的表现感到莫名其妙，感到惭愧、迷惘和不安。王Art 的目光一刻也没从我的脸上移开。这一点，我从眼睛的余光中就能感觉到。随后，当我把脸埋入他毛茸茸的胸口时，他陷入了深深的沉思。

整个一天，我都处在一种莫名其妙的焦虑之中，伴随我的还有深深的不安，隐约的恐惧。我能看到一根细长的树枝因为梢部悬了一块石头，在不停地极力地向下弯去，眼看就要折断。无疑这根树枝就是我此刻的情绪状态。

我不停地想叹气，过去令我赏心悦目的街景，如今不再鲜艳，在大街上不时发生的事情对我也失去了吸引力。在一块又一块广告牌子上出现的一个比一个大牌的明星，我看他们都是清一色的虚伪、冷漠、别有用心，私欲裸露无遗。

晚上，我一串接着一串，一轮接着一轮地做着噩梦。

我梦到了一条从灯光中游弋而出的黑蛇，当它不再蠕动时，我才发现那是一条通向我们家的巷子。于是，我看到了那双眼睛，它们不对称地镶嵌在墙体上。

随后,它们开始沿着墙壁行走、滚动,我不可抗拒地跟了过去。突然,有一截粗大的钉子直直地刺进了我的身体,我尖叫着从梦中醒来,满头大汗地坐在床上。

对面有个台历。今天是星期六,天哪,今天原来是星期六。上帝创世时说地上要生出活物来,牲畜、昆虫和野兽各从其类。我想这一天只生出罪恶,只要牺牲,而我是一个鲜活的祭品。

楼上的声音在这深夜里自然是很尖厉、很长。不一会儿,我就听到了一阵上楼的声音,这脚步声是母亲的。她敲了敲我的门,问:露露,你怎么啦?母亲显得很紧张。

没事,我躺下说,我做了个梦。

母亲似乎不太相信,在我门口迟疑了一下,才走下楼去。

我再也无法入睡,胸口沉闷,心情烦躁,随即开始焦虑和抑郁不安。

接下来的几天,这种症状在我身上不断地出现。我害怕了,不知自己得了什么病,也不知该到哪里去看这种病。我想告诉王Art,又怕王Art笑话,说我无病呻吟,大惊小怪。可是这种症状越来越强烈,越来越具体,或是有一把钳子在夹着我的两个太阳穴,或是有一股力量把我推至万丈悬崖边,令我感受即将坠落的滋味。

有时,坐在办公室里,我会感到完全失去了自我,紧张,焦虑,手心出汗。当同事跟我说话时,我会高一句、低一句地答应着,往往前言不搭后语,连自己也不知道说了些什么,经常弄得同事满脸都是诧异的神色。

那天,天特别闷热。

我正在办公室抄写一份报表,症状又出现了,情绪突然间就低落下来,四肢如同棉线一般松软而又有浮动感。同时,开始一阵阵地紧张,紧张得透不过气来。

为不让自己瘫痪在办公室里,我连忙去了卫生间,大口大口地喘着气。我想哭,就捂着嘴哭起来。

从卫生间出来时,正站在楼梯旁。从上向下看去,十八层的落差让景物一下子小了下去,我被这种坠落感所吸引,心中立刻产生一种纵身而下的欲望。但在一瞬间,我想到了父母,想到了对我的爱充满了期待的王 Art,便打消了这种念头。

下午,症状在我身上持续地发作,这使我特别想见到王 Art。于是我请了假,早早地就在学院门口等王 Art。

不一会儿，王 Art 和几个女生说笑着走出学院大门，见到我，他高兴地张开双臂，像雄鹰归巢似的向我飘来。那几个女生见了，便一起起哄，说笑着跑开了。

走近我，王 Art 不顾周围有许多来来往往的学生，用力拥抱了我，然后低下头，打量了我半天，笑着问：又怎么啦？干吗要皱着眉头，你这个样子会令上帝不安的。Feel happy（高兴一点），OK？

一种强烈的委屈立刻涌上心头，我伏在王 Art 的怀里，泪水涌泉似的往外流。

王 Art 很吃惊。他见劝我无效，忙伸着一根手指头在空中晃了晃，叫来一辆计程车，把我带到了一个叫璇玑的咖啡厅。

这里的气氛很温馨，音乐是西洋的，低迷而柔绵，像一根根丝缕在心中拂荡。刚进来时，我那乱糟糟的心得到了极大的抚慰，情绪也渐渐地稳定下来。

我们开始品尝一种叫一勺香的咖啡。王 Art 显然是在刻意营造一种气氛，一直不停地说话。先是说了许多近日来他们学院发生的有趣的事，然后，按照他对我刚才表现的理解，解释刚才他和一群女学生在一起是为了什么。

她们都是我的学生，很尊敬我，说我是 Cassette（装录音带的盒子),我很开心。她们可能喜欢过我,这一点我可以肯定,也很 Self-confident(自信)。但一切都迟了,我已把自己献给了一次伟大的爱情,她们未来的师母。

王 Art 说的这些,与我今天的心情毫不相干,但是我仍然感到很惬意,很高兴。

你还想要我说些什么?这时,王 Art 拉着我的手问。

我叹了口气,看着王 Art 那略略沉陷的大而明亮的眼睛说:我想坐在你的身边。

OK!王 Art 忙站起来,走到我身边,然后紧挨着我坐下来。

茶座的布局是别具匠心的,彼此相隔的台子均有果树或藤条隔着,格子里的情景你可以隐约发现,却不能仔细辨别。

我搂着王 Art 的脖子,看着他那双迷人的眼睛,凄然地对他说:王 Art,说了……你别取笑我,好吗?

Why(为什么)?他这么问我,摊开手,并耸了一下肩。

我叹了口气说:我总感到自己快活不起来,一点都不快活。可是……我不知道为什么……就是快活不起来,王 Art 你说我该怎么办呀? 王 Art?

王 Art 笑着说:Dear(亲爱的),幸福也是需要减肥的。Treasure(宝贝儿),在你的生活里,阳光太充裕了,来,让我们来历数一下你的幸福。首先有一个无可挑剔的你,一个完美的自我,接着有你的父母、有我、有那么好的环境,可见,我们齐心协力,真的就把你给宠坏了。好啦好啦,别无病呻吟啦。本 Captain(舰长)命令你,马上快乐起来,从第一个微笑开始,来,Start(开始)!

我笑了笑,是出于一种礼貌,也是出于一种敷衍。

王 Art 却显得十分高兴,我想他真的以为他解决了我的问题,真的令我快乐起来了。

实际上根本就没有,我离开王 Art 的三天里,几乎每秒钟都生活在倾轧中。我万分沮丧和悲伤,连视力都出了问题。我在最难受的时候决定瞒着王 Art,一个人去看医生,但又为开场白发愁。因为连我自己都感到,这不是病,最起码不是一个具体的病,我该怎么向医生开口。为此,我在医院门口徘徊了好长一段时间,几次都由于不能说服自己和羞于启齿而悄悄溜走。

那天,是我又一次被焦虑和恐惧所困扰的日子。

我像一只被狼群围困的羊羔,实在没有多少生的选择,凡是出口,便会不顾一切地冲过去。

于是,我走进了医院。

一个五十多岁的男医师接待了我。当他问我看什么毛病时,我脸红了,我觉得此时的自己可能是天下最爱小题大做的人。

我……快乐不起来。我嗫嚅着说,主要是快乐不起来……感到没有精神,浑身乏力,胸闷,还有什么……我的头一直在痛,很厉害。就是快乐不起来……我突然感到自己有点激动,有点委屈,想哭,忙打住了话头,极力控制着自己。

医师看了我一眼,目光是异样的,然后开始为我量血压、听诊。过了一会儿,他把血压计和听诊器收了,低着头给我开处方。医师的字写得很流利,很难认。

我正发着闷,医师把处方递给了我,他收拾着挂号单说:先拿些药吃吧。快乐不起来不是病,你这么年轻,正是早上八九点钟的太阳,碰到不快乐的事,说明你开始进入社会了。这不快乐的事就是你不快乐的原因,没有什么可大惊小怪的。头痛是因为你琢磨多了,好好睡一觉。我开的方子里有镇静的药,你按时吃。

我吃惊地看着这个满脸疙瘩的家伙,觉得他谎话连篇。我明明病得这么重,他怎么会说没病呢。我不是神经吗?

这时,又有一拨人走了进来,其中有个小孩大声哭叫着,好像要被宰杀一般。他们乱糟糟的,很快就占据了我刚才的位置,我只好默默地沮丧地离开了。

晚上,王 Art 见我闷闷不乐、郁郁寡欢,向我不停地做检讨,说什么自己太自私,在教学上用的心太多,几乎荒废了爱情,为此卑躬屈膝,谨小慎微,非要带我去散步不可。于是我依了他,他把我带到了城西那座有六百多年历史的封神塔上。

站在塔顶,参差不齐的城市在我的眼睛里一下子被很平面地铺展开来。千万盏灯火,如同是绣在一件五彩缤纷的华丽服装上的珍珠,看上去令人豪迈,令人舒展。这种视野的超越和放纵,使我的心境为之一振,我感到心里有一扇门、有一个活塞、有一处淤积被猛地打开了,令我在转瞬间一下子轻盈起来,整个人像是被洗了一遍似的,爽朗而洁净,再无污染和堵塞的感觉。

我想我的眼睛在这个时刻肯定在闪闪发光,而这些都不会逃过王 Art 的眼睛。他高兴地吻我,大有一种救世主的感觉,反复说如果不是他的提议,绝不会看到我的逸脱和仙姿,等等。他拥抱我,并狗胆包天地把我推到塔内的一个阴影处,然后把他的爱从我的裙底延伸到我的体内,他的解说词是:你看看,我的露露,请你看看,那些灯火都是眼睛,我要当面做给它们看,它们就是证人,是绝对的证人。

我毫无阻挡地接受了他的高潮。此时,他打着剧烈的冷战,嘴上喃喃自语,且语速急迫:我们订婚了,我们订婚了。我一怔,这才感到我的体内深处有一股又一股强劲的热流在喷射,在湍动。

我和王 Art 的婚姻遭到了父亲的坚决反对。他像一个抵抗组织的英雄首领,整天和母亲在一起密谋,殚精竭虑地计划着如何摧毁这件事情。因为,父亲实在不希望我嫁给一个搞艺术的男生,他认为现在的艺术已经堕落,那里开始成为产生精神流氓的集散地,开始成为滋生淫乱和放荡的土壤,而王 Art 给他的印象又那么糟糕。他说,王 Art 看上去显得奸诈、虚伪和浅薄,一点都不安分,那双美丽的眼睛简直就是古代戏子的假眼,根本就不能让人放心,绝对是一个搞三角恋爱的高手,是一个见异思迁的惯犯。

我对父亲的评价反感透了。这甚至影响了我这么多年来对他的崇拜和依恋。我从而想到父亲这么辛辣而尖刻地诋毁王 Art,简直就是情敌之间的吃醋。而一切都是徒劳的，因为我爱王 Art，是一种炽热的暴爱。我的爱完全可以用一条固若金汤的防线加以形容和比喻。在这种情况下，父亲强烈而过激的态度，只能是火上浇油、推波助澜。最主要的是，我的身体内部已不完全被一个血统所控制，一个最新意义的萌动已经开始。

所有这一切都没有逃过母亲的眼睛，当她在我羞涩和不安的神情中证实了她的观察后，一向就没有主见的她，把女儿的隐私慌里慌张地报告给了丈夫。

父亲伸手就把手里的那只花了 3600 元从台湾买回来的瓷壶摔碎在地板上，他手指着门，咆哮着让母亲把那个叫王 Art 的王八蛋找来。

王 Art 来了。他和父亲在家中宽大而华丽的大客厅里谈判，我和母亲作陪。

我不知将会发生什么意外，不时地求救地担心地看着母亲。母亲则脸色苍白，拳头握得紧紧的。而在舞台上一向叱咤风云的王 Art 早已慌成一团。我由此觉得，我们家所有的面积都拿到他的面前，也安放不了他的手脚，他显得空前窝囊和低落，仅有的几句话全是断句，而且喜欢在中文里夹杂英文的毛病一下子就得到了根治。

父亲细品了一口茶后说：王老师，你我都是搞艺术的，都知道生活和艺术在某种意义上原本是两层皮，尤其是前者，来不得任何形而上，来不得些许的矫揉造作、空虚浮华，否则，它就会因为夸张、变形而出问题。

王 Art 一副虔诚的样子，他表示赞同，似乎要附和几句，但嗓子眼儿里响动了几下后，什么也没说出来，嘴唇却是干干的，我能看到有个地方已经起了皮。我想把他面前的茶水向他手前推一推，但是没敢，倒是父亲把茶水端了起来，像下棋一样，放在王 Art 的面前，示意他饮用。王 Art 欠了欠身子，忙说了声谢谢。

父亲沉吟了一下说：王老师，船不能永远在湖心转，鸟飞得再远再高总归要落脚，我看……你和刘露露的事情就不要放风筝了，完全可以明朗化了，而且要简洁、明快，就下个月 26 号，把事情办了。没有房子，可以先租一套大点的商品房，然后再回到我们这里来。

我和母亲都以极为意外的目光看着父亲，而王 Art 则显得很平静。他开始把杯子端起来喝茶，喝了好几口。喝水时，他那粗大的喉结像水车一样欢快地来回梭动着。

王 Art 是一个自尊心很强也极负责任的人，他在即将到来的婚姻面前暴露了一下他的私房。他拿出 60 万买了一套相当不错的房子。然后，他吆喝来他在这个城市新结交的一些朋友，组织了一大批男女学生，簇拥着我们，在教堂里热热闹闹地举行了婚礼。

婚后七个月，我为王 Art 生下了一个女孩，这小丫头娇小、灵秀，把王 Art 喜欢得在产房里乱转。

知识渊博的父亲爬高就低，在他的书房里查了整整一天的资料、书籍和文献，最后，从别人家孩子手里的一本卡通画里拾掇出一个名字：点点。

我们一致通过，王 Art 便点点点点地喊得快要烦死了大半个城市的人。

从结婚到生下点点，快乐如同喝过的一口糖水，甜了一下，便消融得无影无踪。

在点点来到人间的二十天后，我的躯体反应又开始了，而且明显升了级。

烦躁、悲观、沮丧、紧张、恐惧、失眠、焦虑，像一只只熊熊燃烧的火球，在我的身上不停地滚过，不停地烙烫，令我生不如死。

等结束了产假，重新回到单位上班时，我吓了一跳。我发现自己突然和世界产生了差异，一切对于我都开始陌生和敌视起来。当从生活流进入工作流后，我发现自己已成了一只朽死的船，实在是笨拙而锈蚀了。

我整天丢东落西,怕和别人交谈,怕见领导,怕学习。我会在被迫向那个盛气凌人的女局长汇报工作时,大段大段地忘词,用大块大块时间来发愣。我日见憔悴,头发枯涩。

有一天,我大哭过两次,一次是我发现自己有了一根白发,一次是我发现自己额头有了一道细微的皱纹。不! 这是我不能接受的,我哭得雨都停了。

点点五岁那年,我终于让王 Art 忍无可忍了,他在一个夜深人静的晚上和我做了一次长谈。

王 Art 问我对他是不是已感到麻木了,问我是不是有什么欲望没有在这个家庭实现。

他指着我们那个装潢豪华,陈设昂贵并带有壁炉的房间说:露露,知道吗? 你这样已经伤了一个男人的自尊心。我们什么都不缺,一切都是豪华的、奢侈的,Sumptuous(豪华的),OK? 可是,可是你每天都要在我面前表现出一副忧郁不堪的样子,表现出一副被贫困所围而不能自拔的样子。我在那些大大小小的剧院里看够了悲剧人物,真的,我看够了,所有悲怆的场景、低落的情绪和充满焦虑的对话都让我压抑和沉重。这个时候，我渴望回家，从虚拟的生活里逃脱，到宁静而真实的港湾里避难和休憩。而落实到你身上，我需要你的快乐，需要你因快乐和轻松而给我带来的惬意的反应。我每天到家最想做的事就是伸出双手对你说，能不能给我一点平和与蓝调，而你早就做不到了。告诉我，到底发生了什么？是有关这个民族、国家、集体还是你个人，到底有多大的问题需要你这么承担着，而让我只有眼睁睁地看着你忧患成疾的份儿。露露，你可能忽略了一点，你现在的生活态度在我的心中有了投影，你总是让我以为自己是无能的，你让我感到自己的懦弱和苍白，从此再也没有什么魅力可以吸引爱人，使她快乐。是我把家庭弄成这个样子的，我是说让你每天如此沮丧，我在 Lead（率领）方面有绝对的问题，OK!

王 Art 说话的时候一直都很激动，并显得委屈、愤怒、伤感和狐疑。这让我深深地感到自责和心疼。我一下子搂住了他，再也无法控制自己的感情，放声大哭起来。

像两股巨大的正在宣泄的河流，当它们迎头相撞在一起后，反而彼此被抑制、包容和抚平了。见我哭得一团糟,王 Art 慢慢地伸出双臂,反将我紧紧地搂在他的怀中。

我不停地吻着他,告诉他我是多么地爱他,对他的崇拜和迷恋一如既往、始终不渝。我还告诉他,我是多么感谢他创造的这个家,多么喜欢我和他共同创造的女儿,我是多么的自足,可是……

我又哭开了,根本说不下去了。

宝贝,你到底怎么啦? 王 Art 感动地深情而急切地问。为什么就不能和我谈谈,你觉得不值得一谈吗? 如果它影响了我们之间的沟通, 哪怕是一粒微量元素,也要把它放大出来,让它原形毕露。为什么? 你说可是什么? 什么可是? 你说。

我说:可是……我就是快乐不起来,我每天都会紧张、焦虑、恐惧、心情压抑,我像是一只被一群野兽逼到悬崖上的羊,不知怎么办才好。

王 Art 不可思议地看着我, 他的目光像子弹一样穿过我的身体,又飞速旋转寻觅在我的血液中。他似乎听懂了我的话,又似乎完全不懂,傻傻地站在那儿,有点茫然和不知所措。

于是,我再次抱紧他,希望他能原谅我,要看在我爱他的分儿上,给我一个努力改正的机会。

我发现王 Art 渐渐地又烦躁起来,他松开我,在屋里不停地走着,不停地自言自语:怎么会呢? 怎么会这样呢?

王 Art 的表现令我伤心透顶,无限恐惧和绝望。此时,如果他能下一道命令,或做一个暗示,我会拿起桌上的裁纸刀,毫不犹豫地刺进自己的心脏。或者,他进一步表达出他的鄙视、厌恶和冷漠,我也会断然了结自己。

终于,转动至疲倦的王 Art 停了下来。他端详了一下我,苦笑着好像很豁达地说:露露,我在美国读书的时候研究过中国哲学,我才知道辩证就是宿命。一切都怪我们生活得太富庶,几乎无法挑剔,于是上帝就给我们找了一个磨难。给咖啡加点糖,给糖加点咖啡,都是一样的,现在怎么办? 就你这个状况,我们连医院都去不了,因为我们根本就说不出口。很显然,你把常人都有的思想情绪上的压力玩大了,放纵了,甚至没完没了, 医生会笑话说我们对生活是 Goof into wild flights of fancy(胡思乱想)。现在我该怎么办?你让我碰到了一个最大的虚拟病人, 在我导演的所有戏剧中,没有你这个角色……

王 Art 话没说完,显得有点疲倦和无奈,一脸茫然地看着窗外。这就是说,他不能理解我,不能接受我的症状。我绝望地哭起来,王 Art 便走近我,亲了一下我的额头说:亲爱的,对不起,你得允许我……实际上,我很心疼你,我相信你还在完全地爱着我。只是,生活有了新课题,我不能让你一个人这样去面对,你得容我冷静一下,整理一下,也许,这是一个 Frame(框框),等你有了年龄和足够的生活积累,就会慢慢好起来。换一种生活态度,就如换一件衣服,主动找一点新鲜的感觉,怎么样?

王 Art 的话给了我极大的安慰和希望,我刻意地等待着,我像翻书一样,飞快地翻阅着我的生活,以看到最后几章,那里肯定会云开雾散,鸟语花香,在那里肯定能找到十九岁以前的我。

但生活没有响应我,它像一个古老而破烂的辘轳,吱吱呀呀艰难地碾过我的心头。我照样病痛着,在点点十岁生日那天,我和王 Art 发生了一次争吵,而且十分激烈。

在客人纷纷散去之后,王 Art 十分不悦地问我:到了今天这个份儿上,我不能再隐瞒我的情绪了。喂,露露呀,你还有没有自我意识? 你有没有感觉到,你走路的速度和你的语速一样快,你说话的分贝简直可以叫轰炸。而且,你有那么强烈的自我表现和倾诉的欲望,无论是多大的事,无论是谁的朋友,你都会没完没了,一点分寸感都没有,最糟糕的是,你总要打断别人……

王 Art 的话和王 Art 充满责怨的态度令我目瞪口呆。因为他说的这些,我毫无感觉。同时他那副激动和忍无可忍的样子,分明是在嫌弃我,而这个事发生在一直宠着我、尊敬着我的王 Art 身上,绝对是令我不可思议的。

王 Art 在说话中只间歇了一下,又愤愤不平起来:而且,只要是我的朋友和我谈话,你不管是什么话题,合适不合适,总会像一根尖锐的楔子悍然地介入,然后把我挤对到一边。我很难堪! 还有呀! 你说话的时候,怎么会那样笑,大家都看向你,目光怪怪的……

我羞辱、愤然地跑回自己的房间。然后,我不停地摔着卧室里的东西,发出乒乒乓乓的声音。

大约有七八分钟,王 Art 推门走了进来,他边捡着地上的东西边向我道歉,要我注意点点的房间。

当我知道王 Art 的道歉仅仅是为了怕影响点点的学习时,我更加气愤,更加疯狂地砸起了东西。这期间,我的情绪特别亢奋,心中的波澜无法扼制,好像有人推着我,指使着我。没想到的事情发生了,王 Art 突然打了我一记耳光。我惊呆了,张着嘴,睁着眼睛,木雕似的看着王 Art。

从出生到现在,我一直被各式各样的爱以各种各样的方式所包容和娇纵着,我的生活里只有音乐和温和而浪漫的情绪。这扇在女人脸上的耳光,对于我来说是那么遥远,根本就是暴力,是不可饶恕的野蛮行径,它属于蛮荒时代。而今天,让我受此凌辱和痛心体验的竟是我心中最亲密的爱人,我快要被震惊击碎了。

我难听地尖叫了一声,向王 Art 扑了过去,我狠狠地扇着王 Art 的耳光,一边打一边骂他是刽子手、暴君、奴隶主、恶汉、叛徒、市井流氓、艺术渣子和败类。

我不知扇了王 Art 多少个耳光,我看到王 Art 在我的扇击下像稻草人一样破烂和松软。他先是一动不动,不折不扣地承受着我的打击,然后渐渐失去了支持力,一点一点向下坍塌,最后跪在我的面前。

这时,点点像一片枫叶一样冲到我的面前,她大哭着护住她的爸爸,向我凄凉地乞求着。

我为女儿在这个时候不能同情我这个被伤害者而更加伤心和恼怒。我抡起椅子,把王 Art 那个心爱的金鱼缸砸得粉碎,因为王 Art 一直说,那条金鱼代表着我们的爱情,他得尽心养着它。现在看来,我要粉碎他的想法,因为这无疑已成了谎言。

我和王Art和好如初是在两个月以后。

不知你是否还记得那个李伯爵,清瘦而满嘴咀嚼着词汇的家伙。当初他在《爱之后现代》演出脱轨后随王Art去了北京,如今他回来了。整个人没有多少变化,只是看上去多了点俗气和油滑,说话时再也找不到那种道貌岸然、一本正经的样子了。

他不再做艺术,而专门做了律师,已在海淀区成功地代理了几件大案子,从而叫响了自己的牌子。

晚上,王Art请他到我们家里吃饭,他却一定要请我们全家到布拉克国际大酒店七十二层旋转大厅吃西餐。

在这种充满了西洋风情的环境里,我的心情显得温和而宁静。我们愉快而小声地谈论着一些事情。谈到目前的职业,李伯爵说:完全属于无可奈何。无可奈何怎么说,王Art?

Fantastic talk(异想天开的谈话),王Art说。

No!李伯爵自信地纠正,那叫无稽之谈。

我很有兴趣,加入了他们的话题:I can't be helped(无可奈何)。我说。

李伯爵马上高兴地欢呼:Yes,Yes,I can't be helped。

后来我发现，做艺术的已无法和两种人坐在一起，一种是达官，另一种是商枭。自古以来，艺术家在当官人的眼里就是匠人，是工具，你坐在他旁边吃饭，他会把你当成是一支大毛笔，很不自在、很轻蔑、很骄傲。再说那些商贾，他们这种人大多是要苦当官的钱的，他得把他们当成腐乳，艺术家对于他来说不是腐乳，而是一只需要加油多多才可以烧得好吃的茄子。但艺术家一不贪心于官，二不醉心于钱，自然地容不得这两种人。所以，这三种人在一起是一种祸害。为此，我就做了律师，帮当官的搞清腐败问题，同时，也可以昧着良心掀翻那些商人。

王Art笑，笑得很难听，估计李伯爵的话刺激了他。

李伯爵则感到刚才说的话很无聊，没劲，就转而问我和王Art的生活。我和王Art一起说很幸福。李伯爵就不时地看我，并切下一块六成熟的牛排放在嘴里慢慢地嚼着，犹如咀嚼我俩给他的印象。

我终于忍不住了，丢下手中的刀叉，拢了一下头发说:李哥，我是不是有了变化，变得……很丑了。

没有呀！没有。李伯爵忙说，显得很认真。你肯定是很漂亮的，一点都没有变，这一点可以拿到显微镜下去鉴定，谁要敢就美丽的问题说个"不"字，李大哥现在有的是资本，我起诉他。

说着，李伯爵卖弄地亮了一下他的律师证，看来这种展示的次数不少，证件都毛边了。但他的话很让我开心，我们一起笑了。

晚上，点点有许多功课要做。我和李伯爵打了个招呼就走向了电梯。我说过，李伯爵有些油滑，他坚持要跟我来一次外国礼节，吻我面颊一下，我拒绝了，推搡了他一下，我看到王 Art 的脸上现出一副皮笑肉不笑的样子。

王 Art 从李伯爵那里回来后，已是夜里十二点半，而我一直在等他，这也是我和王 Art 结婚以来的习惯。

他进来后，就默默地坐在我的身边，然后一声不吭，我以为还是因为在电梯口告别时李伯爵开的玩笑，便拉着他的手，哄孩子似的打听他的心情，他突然把我紧紧地搂在他的怀里。因为他的脸在我的肩上，我看不见他的表情，但我能感觉到这里的异常。我试图去扳动他，可他坚持搂着我，当我发现他腾出另一只手在脸上拂动了一下后，我趁机挣脱开了他的拥抱。我发现他泪流满面,我的心中立刻产生了一种疼爱,我一把抱住他,害怕地问:你怎么啦？你怎么啦？

他从我的怀里挣脱出去,然后再次搂紧我。沉寂了一段时间后,他带着浓重的鼻音说:露露,请你原谅,原谅我……他嘴里不停地重复着这句话,泪水一滴一滴地落在我的脖子上。

我莫名其妙地感动着,泪眼朦胧地问他:你说什么呀？你今天到底是怎么啦？你别吓着我好吗？王Art,我爱你。我吻他,他显得很机械,叹了口气,然后放开我,对我说:露露,当初,你知道我为什么请李伯爵做我的副导吗？我看重的就是他的尖锐、睿智和犀利。他的确很Susceptible(敏感),他……从你的脸上看出了问题,他详细地打听了我们十年来的生活情况,主要是有关你的,我如实地告诉了他……把所有发生的事都说了,你想,我是不能不说的,我急于找到答案。

我低下头,有点责怪王Art的意思,但又责怪不起来。因为,我同样也需要答案,而且他刚才的表现也足以抵消他的冒失和草率。

王Art说:伯爵上个月刚结了一个案子,是关于抑郁症引起的家庭悲剧。

我惊愕地看着王Art。

王 Art 似乎怕我要摔倒似的，忙把我的手握在他温柔而有力的手中，然后说:伯爵听我介绍了你的情况后，他断定，你可能患上了抑郁症。你别紧张……我们应该高兴，我们总算找到了原因。而且，伯爵说，这是都市病，与快节奏的生活，与竞争，与复杂的社会关系和人事压力有关，还可能与你产后的那段拘谨、沉闷的生活有关。不管怎么说，我们应该高兴，我们还是找到了原因。这一点太有意义了，太重要了，像一颗闪亮的明珠放进了我们生活中，亲爱的，天哪! My God(上帝)! 天哪! My God!

我轻轻地伏到王 Art 的怀里，像一把抓住了黑暗中的一只魔手，兴奋而欢欣，同时，也感到巨大的委屈。俨然是十年的冤案，一朝得到了昭雪，泪水早已涌泉般地流了出来。

第二天中午，我们同样在布拉克国际大酒店宴请了李伯爵。

在包厢里，我显得很憔悴、很虚弱。见到李伯爵，仅仅说了两句话，我就哭了，心中充满了委屈和感激。此时的李伯爵像圣父一样在我心中闪亮。

李伯爵也是个极善于被情绪影响的人，他脸色沉重地劝慰我:一切都会好的，而且也没有什么大不了的。这是文明国家里的流行病,在美国看心理医生就像我们逛超市那样频繁和随便;在日本,这种心理诊所几乎遍布大街小巷。世界转轨转型得太快了,太突然了,必然会有一些人在这种剧烈的落差中掉下来,知道根出在哪里就好办了。

我非常感激李伯爵能这么说,不停地点着头。

但是,我看李伯爵咂了一下嘴巴,把两只手交叉在一起说:我们还得研究一些问题,因为在中国,大部分人还不能接受这种病,他们会认为你是无病呻吟,大惊小怪,过于娇气,最可怕的是会把这种病和精神病联系在一起对待,处理不好就会造成冷遇和歧视,给工作和生活带来不必要的麻烦。

我心情沉重地由衷地点着头。

李伯爵在想着什么,过了一会儿他说:王 Art,我们得离开这座城市。在南京,我有个朋友,叫门德佳,是一名资深的精神科医生。你们可以奔他去,先治疗一段时间再说吧。


这个国庆节又放了七天假,我们安排好了点点,便坐上了去南京的飞机。

门德佳医师是一个四十出头的秃顶男人,很白很胖,说起话来如柳絮一般柔软绵延,能使我想起死去的外婆。

显然,早在我们到来之前,他已接到了李伯爵的电话。他显得十分客气,简单寒暄后,就要听我的病情介绍。

不知为什么,从迈进医院的第一步,我心里便有一种委屈感,有一种莫名其妙的冲动。所以,听说门医师要倾听我的病情、我的苦难,我尚未开口,眼圈就红了。接下来,我把自己的症状向门医师连珠炮式地做了介绍。介绍时我十分激动,简直无法控制自己的情绪。等我把自己的情况介绍完后,我已经泣不成声,上气不接下气。

见王 Art 吃惊地看着我,门医师微笑地跟他说:她积累得太多了,说完就好了。这是一种正常的冲动。我们来做一些测试吧。

接着,门医师拉上窗帘,打开电脑,屏幕上立刻出现了一系列选择题:

你常常缺乏自信吗?

你会无缘无故地感到悲伤、沮丧和不快乐吗?

你的失眠状况越来越糟吗？

你自卑、绝望，甚至有自杀的欲望吗？

你总怀疑别人在议论你吗？

你常有回忆或幻觉产生吗？

你经常做噩梦吗？

你觉得比以前更敏感了吗？

你有突然间感到脑中混乱的情况吗？

你过于追求精确、完美的心态吗？

你有总怕忘掉台词，不得不加快语气说话的习惯吗？

你说话的声音比别的人都大吗？

你总觉得自己的身体在变形吗？

你常感到焦虑、不安和恐惧吗？

…………

是！是的！全是的！

一共六十道题，我的答案全是是的。

门医师重新拉开窗帘，当他坐到办公桌前时，我看到他的表情有些凝重了。他不停地转动着手里的笔，在深深地想着什么，过了一会儿，他抬起头来，微笑着但绝对是责怪地对我说：为什么现在才想起来看医生？十年了，你们都在干什么？他转而对王 Art，就在家眼睁睁地看着病情加重加深？

王 Art 神色灰暗，像犯下滔天罪行似的低下了头。

门医师说：本来是一个通过简单的心理疏导就可以治愈的病，你们把它养成了一只恶虎。

我哭了，王 Art 咂了下嘴，深深地叹了口气，用手紧紧握着自己的下巴，好像要捏碎它似的。

门医师看大家太沉重了，把语气昂扬起来说：还好，一切都不算迟，我们还有机会。

王 Art 眼前一亮，饱含希望地看着门医师。

门医师说：小刘得的是抑郁、焦虑、恐慌综合征，而且……起因……我在考虑起因问题。王老师，我想单独和小刘聊几句，可以吗？

王 Art 连声允诺，并走了出去。

王 Art 出去后，我立刻紧张起来，不停地绞动着手指，不停地想叹气。

门医师沉吟了一下，微笑着问我：小刘，我感到你的症状中有一个病灶，希望你能如实地告诉我。

我点了点头，紧张地叹了口气。

门医师看着手上的笔说：你的病，应该与创伤压力症有关，在你的生活中，有没有暴力侵害事件？

我低下了头,脸早已红了,泪水一串串地滚落下来。

门医师说:这个问题非常关键,是一把锁,我们,包括你爱人,应该共同来面对。这样,将来的治疗才会更有针对性,更直接有效些。

不,不不不! 我极力地摇头,没有,没有。

门医师显然不能相信,他没有看我,而是沉吟了一下,然后微笑着说:我相信你。

说完,他喊来王 Art,待王 Art 坐下后,门医师对我也是对王 Art 说:我讲三点,第一,抑郁症不可怕,完全可以治愈,我手里就有典型的案例;第二,这种病是巨大的精神压力造成的,是整个亚洲精神健康危机中的一种,属于群体现象,你们有队伍,不是个体;第三,这种病在整个亚洲尤其是在中国有不利于恢复的方面,主要是因为长期以来,井然有序的儒家文化让人们极不情愿去接受精神病人,为避免歧视,这种病人会极力掩盖自己的症状。所以,作为家属,你要学会理解她,承认这是一种病,要认真对待,共渡难关。

王 Art 不停地郑重地点着头。

我越来越委屈,不停地流着泪。

接下来就谈到治疗问题,门医师要求我住院一个月,把病情整形、归类和缓和后再回去。我正在犹豫中,王 Art 早已答应了。

门医师很高兴，他为我开了一瓶叫罗拉（LORA）的抗抑郁药。门医师说这个药在整个抗抑郁药系列中是力量比较弱的一种，主要是想让我先适应一下，检验一下我对这种药物的反应。他让我今晚就吃，等住院后再组合配药。

来的时候，我们没考虑住院这个事，所以带的钱并不多。但是，晚上王 Art 还是带我住进了一家五星级酒店。

我们上床后，王 Art 就紧紧地搂着我，不停地流泪，反复地向我忏悔和道歉，不断地回忆过去的一些事情，对于自己的无知以及表现出来的漠视和不理解表示痛责和难过。继而他深情地安慰我：亲爱的，My beloved（亲爱的），不要伤悲，这是上帝赐给你的一次深层次体验的机会，多么难得呀！十分之 Precious（宝贵）。我到过奥地利的维也纳，在著名的伯尔加塞街 19 号拜谒过精神分析学创始人、著名的精神疾病治疗医生 Sigmund Freud（西格蒙德·弗洛伊德）的住所，弗洛伊德就是在长达五十年的精神体验和病理诊断中才创作出闻名世界的《梦的解析》的。另外，还有他的学生荣格，在陷入严重的精神危机后创立了分析心理学,而弟子阿德勒创立的新精神分析理论,无不与他受过不同程度的精神干扰有关。说不定,在不远的将来,就在明年吧,你就会出版一部叫《露露精神见证理论》的巨著呢。

王Art的话令我悲欣交加,我紧紧地搂着他的脖子,更加现实地问:你还会爱我吗?

会的,我会的。

真的吗?

真的! 我可以起誓。

你再说一遍。

我再说一遍,露露,我爱你,无比地热爱。

《星期日苏格兰人报》说,戴安娜王妃患上抑郁症后,查尔斯对她异常冷漠,而此前他们非常相爱,戴妃要比我有魅力千倍呀!

我不会是查尔斯,戴妃也比不上你。我不喜欢她那张线条生硬的脸盘,我更喜欢你,你代表了古典美,与我的情感向往完全吻合。

可是,我还是不放心,我怕你会厌倦。

我不厌倦,我知道了就不会厌倦了。我起誓,我会永远和你站在一起。他拿起门医师为我开的那瓶罗拉激动地说:露露,请你说服爱情,允许我向她宣誓,从今后我就是你的罗拉,我要像披发赤手的参孙一样守卫在你的门口,为你抵挡所有的入侵,如果你需要,我没有什么舍不得付出的。露露,记得我们常说的一句话吗?

于是我们一起说:I like dancing(我喜欢跳舞)!

我的丈夫,我的罗拉! 我喃喃自语,热泪滚滚,不停地吻着王 Art。我似乎一下子找到了失去多日的激情,主动地找王 Art 做爱,并表现出空前的热情和激烈。王 Art 被我号令起来,他像一条搏击于惊涛骇浪中的蛟龙,热切地投入到和我的交融之中。

这当中,他感动地叫着我的名字。然后告诉我,他已漂入大海,已在眩晕,在流动,在身不由己……

七

由于没得到我的回音,父母亲乘飞机赶到上海来看我。

母亲变化不大,父亲明显变得苍老了,脸上和手背上出现了许多酱色的老年斑,看上去让我心痛。母亲跟我说话时,他坐在一边一声不吭,那种迟暮的感觉非常强烈。

58

我向母亲明确表示，我对王 Art 的案子不感兴趣，也不想过问。

母亲说：当初，王 Art 再错，也算得到了惩罚，你叫人打了他，差点把他打个半死。这一转眼都快一年了，就是顽石坚冰，也该化了。

我说：对于我来说，这件事永远是冰山。

母亲见我顽固，又说了许多话，都是劝我宽恕王 Art 的。

他到底犯了什么罪？最后，我实在是被母亲絮叨烦了，这么问。

母亲说：一时冲动，用酒瓶子砸死了人，是个女的。

哼！我表示蔑视和愤怒，因为我联想到了施暴和虐待，我想到了自己。

母亲说：王 Art 的朋友一直在忙他的案子，到处活动，希望挂靠个过失杀人罪，好歹保住一条性命，可是女方的力量太强大了，请了两个大律师在打官司，加上又占个受害者这一条，王 Art 的命是保不住了。前天，王 Art 的父亲和你爸通了一次电话，说王 Art 非常想点点，他希望终审下来前能见上你们母女俩一面。

我有点暴躁地说：是的，我太了解他了，他是个骗子。说什么见我们母女二人一面，不过是想他女儿罢了。好吧,不过,他给点点留下了什么恶劣印象他应该非常清楚,那还要看看点点答应不答应了。

这时,一直沉默不语的父亲动作缓慢地从他的怀中掏出一封信给我。母亲见了忙说:对了,这是李伯爵给你的信,他昨天晚上来我们家了。

听说是李伯爵的信,我看了一眼母亲,把信接了过来。

信果然是李伯爵写来的,他的字有点女性化,如一碗刚出锅的面条。

露露:

　　我一直在为王 Art 的案子忙碌,状况越来越糟,我快泄气了。现在亟须从你那里得到证据方面的帮助,我不得不这样想,你出示的证据都将是最有效的,可能会挽救王 Art 一命。你应该来,我有许多话要跟你详说,要从这十几年来你和王Art 的关系谈起,信中不便赘述,面晤详尽。

　　　　　　　　　　　　大哥李伯爵

看完李伯爵的信,我没说话,坐在那儿发呆。这时,我见父亲掏出一块手帕,拭了一下嘴角说:李伯爵想让你出庭,在这件事上为王Art说句话……

我突然愤怒起来:我怎么会为这种事出庭? 让我为这种流氓行径说情吗? 做他的帮凶? 助纣为虐? 跟他一块去丢人? 李伯爵是京城的大牌律师,打赢过无数场官司,连他都叫不停这个案子,我能起到什么作用,去陪他接受耻辱吗? 打死一个女人,他真算是个英雄,我为他可耻! 死罪,谁也救不了,我看点点也不用去了,免得再玷污孩子。我越说越激动,越说越感到情绪无法控制,声音越来越高,最后把李伯爵的信撕得粉碎。

我的发作引来了其他病人的围观。这时两名护士慌忙跑过来,她们先叫回了各房间的病人,然后对我父母进行了批评,认为他们不该在这个时候刺激病人,父母显得很后悔,连声认错。

第三天,我因为要做电休克,母亲留下来陪我,点点随父亲回老家看王Art去了。

八

在南京,我们采纳了门德佳医师的建议,决定住院治疗,但请假却成了一个大问题。因为我们不能公开住院的理由,更不能讲清医院的名称。而单位坚持

61

要我们出具医院的证明,否则不能准假,这种坚持当然与那个女局长有关。我是她最讨厌的下属,她是我最讨厌的上司,我们经常发生争执,往往都是以她气急败坏地逃走为结局。

王 Art 找女局长请假时,她一再说目前正是群艺部最忙的时候,中央的精神要通过各种形式,利用不同的时间段加以宣传,各种演出活动都需要文化局参加,人员特别紧张。

但是王 Art 还是把我的一个月的病假给请了,而且报的是一个糊涂名词。我曾对王 Art 开玩笑说:用美男计了吧? 王 Art 说:她对我倒是真的感兴趣,但她太 Chatter(唠叨),Spiritless(死气沉沉),不符合我的 Style(风格)。我开心地打了王 Art 一下。

在南京的住院治疗是十分有效的。在这里,你会享受到群体的认同感,大家都需要尊重和理解。在这里,大家可以围绕同一个病情说长道短,你再也不需要隐瞒自己的病症,你可以公开谈论自己痛苦的过去、可怕的体验,互相鼓励和畅想。此时,我们会感到共处在精神的天堂里。

但是,天堂是要付昂贵的暂住费的,最主要的是,寄养在父母那里的点点开始让父母头痛。她不顾我的坚决反对和王 Art 的反复劝说，自己报了芭蕾舞培训班，而且每天都必须在学业后去参加培训，除了大礼拜以外，多在晚上。父亲带了四个研究生无法顾她，王 Art 在大多数时间里都要带团在外演出。这可苦了母亲，接来送去的，母亲不久就厌倦了，对我们开始有了微词。

王 Art 在电话里把这些情况告诉我后，正赶上最后一个疗程结束。本来，我想再在医院逗留几天，可是我想了许多，脑海中经常会闪现出那条黑夜中的巷子，那双在墙面上可以游动的眼睛，而点点现在也要从那里经过，我惊栗而惶恐，办完手续就依依不舍地离开了南京。

这是回到单位上班后的第十天。

同事孩子结婚，我接到了赴宴请帖。离婚宴还有三十八个小时，我便开始准备赴宴要穿的服装，设计自己在公众场合下说话的姿态和分寸。

在临赴宴还有八个小时，也就是我还躺在床上的时候，我的躯体反应突然出现了，紧张、焦虑、恐惧、心慌、出汗接踵而至……

那天，我没法赴宴，我像一朵枯萎的花凋零在自家的客厅里。

接下来,所有症状似乎瞅准了一个破城而入的机会,一股脑儿地涌入我的身体。于是,在南京进行的一个月的治疗前功尽弃,如风而去。所花销的近两万元的治疗费也成了废纸无疑。

在病症的攻击下,我一败再败,几无藏身之地。我焦虑至最厉害时,简直无法呼吸。有时,我会趁点点不在家时,像恶鬼一样尖厉地号叫,不停地扇自己的耳光,揪自己的头发。我还感到我的肩膀上奇痒难挨,像是有几百条长有尖利牙齿的虫子在下面啃啮、吮吸、流窜,我拼命地恐惧地撕抓挠扯,直至鲜血直流。

我开始折磨王 Art,跟他纠缠不止,哭喊着要他把我送回南京。不!我不上班了,我不要工作了,我要回到医院去,送我走,快送我走!我就这样乞求着,不停地摇晃着王 Art,揪他的衣服。

王 Art 痛苦万分,他会一动不动地让我推搡他,同时,一句话也不说。当我一刻也不停地要他答应我的要求时,他会说:给我两天时间,让我想一想该怎么办。你坚持一下,坚持一下。

但两天后,我突然平静下来,仿佛那些魔鬼(我就这么称呼我的病症)接到了我要去南京的信息,纷纷溃逃一般。于是,我不再激动,甚至为自己如此强烈地要去南京而感到诧异和后悔,而王 Art 明显很认真,当然也是因为不能忍受这种现状。他会当着我的面拨通南京电话。这个时候,一听到门医师的声音,我便感到自己又激动起来。当我拿起话筒时,则像是一个在黑暗中走失了很久的孩子终于见到母亲一般,委屈得泣不成声。

我受不了,我一点都受不了!我哭着说,不停地说。门医师会耐心地等待着我。门医师,我就想自杀,我没救了,我每天都紧张,我的脑子里常常会堵上一团乱麻,我现在是不是植物人呀?我的病怎么会越来越重,太重了!我真的受不了。我一口气说了三十六分钟,这期间,任何人都没插话。

这时,门医师说:小刘,如果你愿意的话,我们可以来听一个故事。古希腊神话中有一个叫赫拉克勒斯的神。这个神周游四方,是制服猛兽和怪物的高手。有一天,他正走着,突然被一块小石头绊倒,听着,是一块小石头。这块小石头绊倒赫后逐渐长大,于是赫就用剑剁它,没想到,这块小石头越剁越大,最后终于压倒了赫。这时,一个叫雅典娜的女神经过这里,她对赫说:如果你再反抗,它不仅会变大,还会用其他办法对付你。听了女神的话,赫顿时感到了自己的愚蠢,便收回了宝剑,而那块石头,也恢复到原来的样子。小刘,这是著名的《伊索寓言》里的故事,对于你的病情应该有经典的启发意义。这么说吧,你身上的那些症状都是小石头,不足为奇,但你却把它们都放大了。结果,四面出击,耗尽了你的力气,它们长大了,你却更加衰弱了。

那我该怎么办呢?它们毕竟不是小石头呀,它们比小石头要抽象,要强大呀!我该怎么办呀?我情绪激动地问。我感到门医师的故事于我毫不相干,是一种歧义和回避。

门医师说:办法肯定有,你要尝试着去用它,就是带着症状生活。它不是紧张吗?让它紧张去;它不是焦虑吗?让它焦虑去。顺其自然,渐次忘却。

我愤然挂断了电话,我感到这个门医师简直是在信口开河,毫不负责,他该得一次这种病,感受一下魔鬼附身的滋味。什么顺其自然,这就是一个资深精神科医生为我开出的妙药灵丹?纯粹是黔驴技穷,江郎才尽。

当我怒气冲冲地大失所望地回到自己房间时,我听到王 Art 在电话里不停地向门医师道歉、赔罪,并就我的病情开始和门医师进行讨论。

门医师好像没有在乎我的反应，好像王 Art 就是我似的，他开始给王 Art 上课，讲得很细、很深入，且有条不紊。

我听王 Art 在当中插话说：露露总是以为她的头被一个卡尺卡住了，很痛，有时痛得满头大汗，手脚冰凉，这到底是怎么回事？

门医师说：这是典型的抑郁症病人的自我暗示，就像我的一个病人，整天捂着自己的喉咙，说自己的喉咙里有一截塑料管子。这是心理压力造成的虚拟感，实际上是不存在的。

门医师，可以再给露露推荐一些新的药品吗？

最有效的药就是她自己，没有什么绝方，所有的药最终起的作用都是极小的。

门医师的话令我愤懑不已，我感到他冷酷无情，缺乏医德，是个庸医。

于是我继续在炼狱中受灾受难，痛苦使我对报纸上的一则传闻充满了向往。于是，我跟王 Art 反复要求请他去打听，去联系，去落实，我想像传闻中说的那样，把自己彻底冷冻起来，等到医学发达后再重新复活。在我的纠缠下，王 Art 一个劲儿地摇头，不停地说：我办不到，我真的办不到。

两年里，我没完没了的发作使王 Art 苦不堪言，每当我回家唉声叹气时，他都蜷缩在一边，紧皱着眉头，长时间地沉默。

在办公室我没有朋友，找不到任何人来倾诉，我的怪异也使大家都远远地避让我，我的敏感和失常为我带来了许多委屈和麻烦。回家后，我得没完没了地把这些事说给王 Art 听，他听着听着就会显得痛苦不堪，有时会冲我莫名其妙地发火。我当然不会退步，便跟他争吵，并摔东西，直至他完全屈服，反复求饶。

他开始抽烟、酗酒，有时会久久流连在自己的办公室不愿回家。我看到，他有了白发，皮肤失去了光泽，目光也没有先前锐利明亮了，情绪明显低落，整天都是一副疲惫不堪的样子。而此时，我对自己的性吸引力也忧心忡忡起来，因为，自从得了抑郁症，我和王 Art 的性爱生活机械、勉强而形式化。特别是近年来，我总是很被动，几乎失去了知觉，并产生了逃避心理。仅有的几次，也令王 Art 感到是在做一种枯燥而乏味的运动，他会很沮丧、很无奈，以至于半途而废。

6 月 22 号晚，天气相当闷热，衣服穿在身上似乎长了毛，黏湿湿刺扎扎的令人难受。已经是深夜 11 点半了，王 Art 还没有回家，而他事先又没告诉我有什么排练或教学任务。于是,我带着一种关切和思念向学院走去。

结婚前,王Art住在学院为他准备的一间四十多平方米的公寓里。和我结婚后,这个公寓仍然由王Art使用,平时堆放一些旧书籍什么的,有时王Art也在里面小憩。

走到公寓时,房间里的灯还亮着,我便上楼去敲门。当我喊王Art时,屋里没有反应,我的第一反应就是屋里出问题了。于是我使劲敲门、踢门。不一会儿,门开了,王Art酒气熏天地挡在门口。当我要往屋里进时,王Art拦住了我。尽管如此,我还是看到了一个漂亮姑娘越窗而走的身影,她穿着一件洁白的连衣裙,一闪而过时,如一束随风飘逝的花朵。

我不敢相信地看着王Art,整个人凝固成一团,脑中被水冲洗过似的,什么都没有了。

我可以解释吗?酒气冲天、摇摇晃晃的王Art摊开双手对我说。

我从牙缝里挤出两个字:回家!

回到家里,王Art扑通跪倒在我的面前,一头长发哗地滑落下来,严严实实地遮着他的脸。对我来说,这无疑就是一种证实。我怒火万丈,狠狠地扇他耳光,不停地扇。

最后,他一把抓住我的手,口齿不清地跟我说:我跪下仅仅为了表明……在这个时候,不该发生这种事……你不需要……我们什么也没发生,我心情不好,喝了酒,我摔倒在台阶上,我的学生,我的一个女学生,仅仅是个……女学生,她发现了我,然后搀扶我回到那里……然后,你来了……我怕说不清……她很害怕,我怕刺激你……我不应该让她翻窗户,我们应该坐下来……我怕说不清,怕你……伤害人家……我怕说不清……

我狠狠地扇了王 Art 一个耳光,冲他吼叫:王 Art,你永远都说不清!

我痛苦了一夜,此时,王 Art 就睡在我的旁边。想到那件飘然而逝的连衣裙,我就会把王 Art 推醒,打他,责问他:你为什么要这样,为什么?你告诉我呀!我哭声不绝,我感到整个世界都是倾斜的,都是黑暗的,我对整个人类都失去了信心。我趁王 Art 到卫生间呕吐的时候,把一瓶氯硝安定片全倒进了嘴里。

王 Art 很快就发现了异常,他的酒一下子就醒了大半,他大声喊叫着要来了救护车,把我火速送到了医院。

恍惚中,我感到有一截长长的管子从我的嘴里不停地插入我的身体,我感到是一把长刀,是一次又一次的捅杀……

我很快就出院了,在以后的日子里,我常常会冷笑着用可怕的声音对王Art说:你真不该救活我。

于是,我和王Art的感情彻底结冰,我们会一整天不说一句话,尽管他极力讨好我,以至于到最后,他对我完全丧失了信心,走进这个家门,就如同走进了坟墓。

半年后,不知学院里发生了什么,王Art被解聘了,那天他对我说:露露,我们离婚吧。

尽管在那件事上我恨他,不能饶恕,也不愿意找任何理由理解他,但对于他提出的离婚请求,我仍然感到很突然。

不可以,我冷笑着说,我喜欢这个样子,你一走进家门就会受到冷落,感受到变态,听我痛苦的呻吟,忍受我的焦虑、恐惧和不安,我很开心。你要时时刻刻地接受我这个魔鬼,接受它与你灵魂的厮杀。我很开心!我身上的魔鬼这么大,这么多,不能只吸我一个人的血,你跑不了,你休想逃脱。

王Art说:露露,看在你我曾经誓死相爱的分儿上,看在点点的分儿上,我们分开吧。

我说:点点是我的宝贝,我可以为她做出所有的牺牲,可是你没有这份资格,你必须和我同归于尽。

第二天,王 Art 失踪了,我找到洛阳他父母那里,找到他最好的几位朋友。我寻他不着,我痛心疾首,恨得日日磨牙如刀。我当着点点的面烧了一大堆冥钱,并剪碎了许多件王 Art 的衣服,我对哭成泪人的点点说:你爸爸死了。

一个月后,王 Art 突然回来了,他显得极为憔悴,手颈细得可怜,颧骨隆起,眼睛下陷,脸色像学院美术系学生作素描时抹的一把炭灰。

父母知道王 Art 回来了,十分惊喜和高兴,准备了丰盛的晚餐,并亲自来把王 Art、点点和我叫了过去。

饭桌上,父母亲都极力不谈这一个月的事,吃完饭就催我们回家。父亲还把一本香港人办的生活杂志交到我的手里。我回家一看,那上面有整整一章的内容都是指导妻子如何做好性温存的。

点点睡去后,我坐在床上等待着,等着王 Art 向我解释他这一个月的叛离行径,等着他忏悔和认错。他是一个重感情的人,他向我道歉和自责时还应该痛哭流涕,不能自已。他的态度果真能至诚如此,或许就能引起我的同情，至于说到缓解关系一事，也不是说不可以发生。

但王 Art 从点点房间回到卧室后就一直不吭声，他一支接一支地抽烟，我惊奇地发现，他那双秀美的手指早被烟熏得焦黄。

我实在忍无可忍了，冲过去，掐灭他手中的烟，然后坐在他对面问：你回来干什么？

王 Art 抬起头，我看到他胡子很长，目光呆滞无神，他说：还是……讨论离婚的事。

我不敢相信地看着他，痛苦、伤心、愤怒占据了我的全身，但这一次，我终于克制住了自己。

这么说，这一个月来，你一直住在情人家？我咬着牙问他，我感到浑身在颤抖。

怎么说都可以，王 Art 说，只要你答应离婚。因为……我们都需要被拯救，还有点点，我们不能太自私，这很可怕。

王 Art，你办不到！我冷笑着说，因为我是精神病，国家有法律规定，精神病人是不可以离婚的，你有责任。

我并不知道是否有这种法律，但我觉得国家应该有这种法律，因为我们是弱势群体，需要被保护，于是就这么说了。

王 Art 抚着自己的脑门,咳了两声说:那怎么办?我脑子很乱,现在很乱。

我厌恶地无比厌恶地憎恨地无比憎恨地看了王 Art 一眼,我看到这个叛变者显得很病态、很痛苦、很迷乱。

那我走了。他说。然后站了起来。我也站了起来,一把揪住他,把他狠狠地推倒在地板上。他摔得很重,挣扎了几下竟然没有站起来,然后半躺半坐在那里,目光混浊地看着我。

我伸手从钢琴上拿过一把裁纸刀,然后对着我的胸口说:王 Art,你敢向前爬半步,我就死!

停!停下来!王 Art 艰难地爬起来说,我们可以再讨论讨论。

我再也无法抑制自己的感情,冲过去推他,一直把他抵在墙上,我泪流满面地问他:你这个坏蛋!你不是说永远爱我吗?你不是说要做我的罗拉吗?

王 Art 想了想,木讷地说:是呀,是呀……

大骗子!大骗子!我撕扯着他,声嘶力竭地叫喊,并把一口唾沫吐在他的脸上。

这一夜,我们谁也没睡。我压根就睡不着,有焦虑不安陪伴着我,我就是一个神,王 Art 根本就别想睡,见他发蔫,我就会粗野地摇醒他,我感到这样十分泄愤。

第二天,我先搜遍了他的衣袋,扣下他的身份证,然后把他反锁在家里,但到了晚上,他还是跑了。我绝望地哭了,我感到王 Art 不爱我是真实的了,我们的婚姻死了。

又是整整一个月,王 Art 回来了。

正是深秋,他进门时像一片刚从树上吹落下来的烂叶子。

此时,我对这个人已没有丝毫的感情,我已恨了一个月,早就把我们之间所有的维系都恨断了。心里只有报复的欲望,而且非常迫切,就等着王 Art 现身。如今他出现了,我知道自己该怎么办,在他到家不到五分钟,我便出门找我表哥去了。

我从表哥公司里回来时,王 Art 正和点点谈心,点点哭得像个泪人,王 Art 倒显得很平静,不停地为点点擦拭着眼泪。我听他说:爸爸和妈妈分手不代表爸爸从此不再爱你,不再爱你的妈妈,不会的,和以前完全一样。

不!不!点点伏在王 Art 肩上哭着,倔强地否定着。

王 Art 说:我和你妈妈还会爱着你。你要答应跟爸爸在一起,一定要答应,法院要问你,你就这么说。

点点没有反应,她哭得昏天黑地。

我怒不可遏地冲过去,把骨瘦如柴的王 Art 和点点分开,然后又把王 Art 推到一边。点点怕我殴打王 Art,哭着跪在我的脚下。我指着站在一边的王 Art 说:我不离,你可以再出去一个月。

王 Art 剧烈地咳嗽了一阵,果真出了家门。点点哭喊着要去阻挡,我一把扯住,把她推到一边,并重重地关上了房门。

王 Art 在铁道边被打断了腿,我找人把他抬了回来。我跟他提及三条:一、是我找人打了他,他可以起诉我;二、我同意离婚,所有财产归我,算作王 Art 对我的离婚赔偿;三、休想打点点的主意,点点归我。

王 Art 显得极为懦弱,他哽咽着说:求求你了,我只要点点,其他的都听你的。

我强忍着眼泪说:不可以。没有点点,我还有什么!我会死!

王 Art 不再吭声,足足沉思了两个小时,最后提出他的建议,点点不归我,也不归他,现在可以送到市奥托巴贵族寄宿学校。点点的入学费和今后五年的学费

76

均由他支付，这一块可以从离婚后属于他的财产中划出。

我感到王 Art 的话自私而变态，他就是一个自己得不到，也绝对不让别人得到的坏种，我怒喝：你闭嘴，你马上闭嘴！

他坚持说，一副诚恳的样子：露露，点点跟你不合适，这一点你应该知道，当然……说到这儿，他叹了口气，当然跟我也不合适，这个办法……

你闭嘴，你马上闭嘴！我不停地打断他，令他无法完整表达，然后再次提出我的离婚态度和条件，要他认定。他显出一副十分疲劳的样子，终于点了点头。

我憎恶地看着他，我只想杀了他，我准备从此恨他，直到他难看地死去。

这个社会再也不用为离婚发愁，关于这一点，你会感到比到超市退货容易得多。

我和王 Art 的离婚手续办得相当顺利，有关部门似乎早就在那里等着我们，待我们把要求一提，他们就把绿灯一起举了起来。再说，彼此都失去了感情，也没有什么痛苦。

十年前，王 Art 对我说：我是个很 Romantic（浪漫）的人，将来你要和我离婚，我必定会做足文章，我会在本市最豪华、星级最高、最标准的地方请你撮一顿。那时，对王 Art 的这种表白，我感到不可思议。我想象不出，一对完全交融在一起的人怎么会分手。退一万步讲，假如走到那个地步，我也会紧紧地抱着王 Art，吻够了以后才放他走。可现在，我只盼他迅速从我愤恨和憎恶的视线中消失，我为这个感情的叛逆者，为这个毫不负责的家庭败类，为这个薄情寡义、朝秦暮楚的臭男人感到可耻。

离婚的当天我便病倒了，此后，再也无法去上班。我试着去请病假，但因为说不出病因而遭到女局长的拒绝。我强撑着摇摇欲坠的自己，走进那间令我紧张而备感冷清的办公室。接下来，我认真而执着地把一件又一件交代给我的事办得一塌糊涂。大家看我的眼神越来越怪异，我试图走近一个正在热烈谈论的小团体，但一见到我走近，他们便纷纷岔开话题，或缄默无语，或干脆一一借故走开，把我冷冷地晾在一边。

于是，每天上班，我只有一个人坐在办公室发傻，专心致志地等待病症的来临，然后，迎接它们的吞噬和折磨。我感到了孤独和孤立无援的恐惧与痛苦。为此，我在悲伤中更加仇恨王 Art，有时，为了恨他，我会在几分钟内一直紧咬着牙关，不停地痉挛和流泪。

女局长终于发了善心,她找我谈话,时间很短,但解决了关键的问题,她暗示我可以在家休息一段时间。

我迫不及待地住进了一家私人医院,然后用门医师给我寄来的特配药打起了点滴。我跟医师说:我要一直不停地吊水,我需要清洗。医师需要钱,他笑,他完全支持我。


那是一个五月的月夜,城市里到处弥漫着花香,月色饱满而充盈,普照着高楼大厦和树丛深巷。这美好的季节照样滋生罪恶,照样上演悲剧。

我不敢想象,十五年后,在那条巷内,在同一个地方,点点走了我的老路,被两个男人轮奸了。

我从医院回来后,点点告诉了我,我冲出家门疯了一般地撺出巷口,而此时离案发已经过去了半个小时。但我不管,点点说有个男人穿红色T恤,我便在大街上到处找穿红色T恤的人。

我抓住一个又一个穿红衣服的男人,被一次又一次地斥责和推搡。我告诉他们,我被强奸了,凶犯是一个穿红色T恤的人。他们便笑,然后纷纷离去。我想我没说错,点点被强奸,就是我被强奸呀!

我回到家时，王Art已经回来了，看来是点点告诉了他。他的脸上除了愤怒外，还有大片的泪痕。见我进门后，他要求把点点带走，他的态度十分恶劣，几近疯狂。

我们开始暴吵，互相攻击和嘲讽。最后，我先动了手，用一只木制晾衣架砸烂了他的头，并操起刀将他撵出家门。当他还像一条恶狗一样在我的门前不停地转悠时，我报了110。

哎！我报了110。我大声地跟他说。他愣了一下，慢慢地走了。

在医院里，点点哭泣着跟我说：妈，我不想上学了，别让我去学校，我不去学校了，我怕，我好怕……

我不停地点头，毫不犹豫地答应了她的要求。当我凝视着女儿的脸庞时，心里仇恨地想：王Art，为什么让女儿长得跟你一样迷人，为什么不到十六岁的女儿就发育得像个大姑娘，为什么要去学芭蕾……点点，你可知你的身后会有一双眼睛，这双眼睛和十五年前的那双眼睛一样阴森可怕，一样会像蛇一样游动在墙体里，然后伏击你，令污浊和罪恶渗入你的体内。痛苦也需要接力吗？是谁在背后指使和安排的？门医师一语道破我得此病症的背后原因，难道我女儿也要亦步亦趋吗？不！绝不能把这样一个可怕的悲剧演下去。女儿还小，她绝对承受不了别人的歧视、别人的冷漠以及等等不公平，而这种不公平一旦贯穿于她的工作、学习和人与事之中，她注定要灭亡。

我辞职了，我把受到创伤的女儿带走了，我们娘儿俩已无法再生活在这个城市里，我已暴露了我的全部，已遍尝了其中的苦涩和艰辛，我不能再让女儿的秘密一点一点被别人揭示。我要女儿找一块重新开始的地方，给她创造一个消融与忘却的条件。

母亲支持了我们，让上海的舅舅接纳了我们。

在上海，我一边住进了徐家汇精神病院，一边安排点点进入一所私立学校。

这期间，我越来越强烈地感受到冥冥之中注定有一种力量在左右着我们，于是我昼夜祈祷，先是向中国的神，再向西方的神，并到处打听当地教堂的位置，我相信那是上帝的领地，踏入那块领地就会洗去污垢，永享太平。

九

电休克是前天上午做的，母亲不停地问我有什么感受，那个认真劲简直就像个记者。

我说脑子里像着了火,熊熊燃烧。

母亲后怕地说:那还得了,早知这样,说什么也不给你签字。

我说:这场大火烧得好,我脑子里长了许多荒草,这一下快烧光了。我还要做电休克,还得烧。

母亲说:早知让你爸留下了,我可不敢给你签字了。

我纳闷,我问:你说什么?让我爸留下?我爸来过?

母亲吃惊地看着我。是呀!她说,不跟点点回老家去了吗?

去那儿干吗?我愈加纳闷,我问。

你怎么啦?母亲担心地问,你不是知道吗?你爸带点点看王 Art 去了。

王 Art 怎么啦?我问。

母亲连忙走开了。不一会儿,她喊来了医生,医生当着我的面告诉母亲,做电休克的病人都是这样,会短暂地失去记忆。

母亲恍然大悟,而我却深深遗憾,我希望的是永远的忘却。

一个星期后,我渐渐地从意识的深处打捞上来一些东西,我主动去问妈妈:爸爸为什么带点点去看王

Art,你们好像说王 Art 犯了什么案子。

母亲叹了口气说:王 Art 打死了人,要终审了,怕是要杀头,你爸把点点带回去了。

我隐隐约约地记起来了,但听说王 Art 要被杀头,心里还是被震动了一下,我在那儿发了近一个小时的呆。

又过了一个礼拜,父亲来了电话,说王 Art 的案子已经了结,人已经不在了。

父亲说:一切都可以从头开始了,露露,回来吧,我们年龄也大了,离不开你,我已在学院图书馆为你找了个图书管理员的位置,点点的就学问题也解决了。

飞机降落了,天已黑了,四处灯火如豆,没想到是李伯爵到机场接了我们,并带我们到英山饭店吃了晚饭。

当父母带着点点回到我们那个家时,我和李伯爵来到了海之韵咖啡厅。

咖啡厅里放着十六世纪法国作曲家雅内坎的《云雀》,我和李伯爵都在用心听着,这首曲子也是王 Art 生前的最爱。

一曲结束后,李伯爵轻轻地搅动着杯子里的咖啡说:露露,我坚持要等到你回来才回北京,是因为我想让你了解一些情况。

我知道李伯爵要说什么，我忙摆了摆手。

李伯爵果真把要说的话咽了回去，他沉默起来，但是我看到他的眼圈红了。

我们谈些别的吧！我说，抹了一把眼泪，极力笑着。

这几个月来，我一直在这个城市奔波，李伯爵显然不愿迁就我的感情，就这样开头说，为王 Art 寻找所有可以求生的证据。我被案件本身所震惊，为我的挚友而……伤心……说到这儿，李伯爵摇了摇头，显得很痛苦，一颗泪水在他的眼中短暂逗留了一下，便滑出眼眶。

过了一会儿，李伯爵忽然抬起头，正视着我说：露露，知道王 Art 为什么下那么大的决心要和你离婚吗？

这激起了我的愤怒，我冷笑一声。

李伯爵说：你会坚持认为是因为那个女学生，实际上，那的确是一个巧合，是因为王 Art 太爱你了。平时，他小心谨慎，唯恐引起你的不安，诱发你的症状，所以在那种场合，他十分害怕，他怕刺激你，他做得很蠢，没把账算好！

我又冷笑了一声，我甚至认为我和李伯爵的谈话马上就可以结束了，但我坚持着，忍受着这种无聊。

李伯爵看着我说:而这个时候,王Art已患上了抑郁症。

我一愣,吃惊地看着李伯爵。

李伯爵向我点了点头,作为对他刚才说的话的强调。我有点发木,仍然呆呆地看着李伯爵。

他很痛苦。李伯爵看着他手中的杯子说,他最怕的事情终于发生了。王Art找了心理医生,找了我那个南京朋友。当病症被确定后,王Art没有我想象的那么坚强,他很绝望,但归根结底是怕你们的点点会成为第三个抑郁症患者。我吃惊地看着李伯爵,目光一直没有从他的脸上移开,听他怎么说。

为此,王Art通过激烈的思想斗争,他决定离婚,他认为唯有这样才可以拯救三个人。他的要求提得真不是时候,因为刚好发生了那件事,为此遭到了你的憎恨和坚决的反对。此时,王Art的症状反应一点都不亚于你,为尽快抑制,他偷偷在南京住了一个月院。随后,你们的冲突日益加剧,王Art的病情也更加糟糕,他不得不再次去南京看门医师。就在那个时候,他失去了他的工作。

我心里像被掏空了一般,极为难受,思想在飞速地翻阅着自己和王Art冲突时的场景,寻找和对证谜底,极力抗拒着这个事实。

李伯爵却把一大把住院收据、诊断书、处方等放在我的面前，这些处方和手续全部由精神科开出,上面都赫然写着王 Art 的名字。

看到这些熟悉的东西,我低下了头,深深地感受着自己的罪过,我流起了眼泪,王 Art 的形象在我的心中又清晰温和起来。

李伯爵为我续上水,问我:露露,来之前收到过我那封信吗?

我后悔莫及,不停地点着头,不停地流泪。

露露,那个时候,我是多么需要你啊,尽管不能保证挽救王 Art 的生命，但你会是一份最有举证性的力量。因为王 Art 失手杀人,与你息息相关。

我再次瞪大了眼睛。

知道那个被王 Art 打死的人是谁吗?

我摇了摇头。

就是你们文化局的那个女局长,黎丽。

为什么? 我几乎惊呼起来。

李伯爵告诉我: 王 Art 对你们那个女局长早就充满了敌意,那还是为你请假到南京住院的时候,他们吵得很厉害,黎丽为了轰走王 Art,都报了 110。

我痛苦地不敢相信地摇着头，我不知道王 Art 那天回家为什么一点都不告诉我，我一直纳闷，他怎么会那么容易地就把我的长假给请了。

4 月 23 日中午，王 Art 参加文化界一个朋友的聚会。李伯爵接着说。黎丽也去参加了，坐在不同的桌子上，因为有屏风隔着，彼此都没有照面。吃饭时，不知为什么，有人提到了你。

我？是我吗？我指着自己的胸口问。

是的。李伯爵说。黎丽显然是喝了酒，她说了一句，是说你的，她说，这个人是精神病，由单位代养着，什么也干不了。于是王 Art 离开了自己的桌子，走到黎丽面前，坐下来跟黎丽谈判，他说：你侮辱了我的太太，你有诽谤倾向，你没在精神病院看过病，你怎么会知道我太太有精神病，你必须向我和我的太太道歉，就在这里。黎丽做了严词拒绝，并警告王 Art，别在她面前耍神经。王 Art 无法控制自己了，他抓起桌上一瓶刚开启的酒瓶，向黎丽砸了下去……

我趴在桌子上哭了。

李伯爵没有劝我。

他是失手的呀！我哭着说，为什么要判那么重？是别人先侮辱了他呀，他们为什么要判他死刑……

等我平静下来后,李伯爵叹了口气说:最初,我是有信心的,我想把案子定到过失杀人上不会成什么问题,而且我还可以向法庭出示南京方面的相关证明,证明王 Art 是一个重度抑郁症患者,是一种需要关爱、理解和最怕刺激、歧视的病人,而黎丽公然刺激他,那一刻,他是病态的,不能对自己的行为负法律责任。

是的是的。我连连点头说。

李伯爵突然打住了自己的话头,沉默了许久才说:可是,法庭对此做了否定。法庭认定,抑郁症在精神病中属于程度最轻的一种,这种病人是可以带着症状从事正常工作和学习的。案发当时,在场的诸多证人也一一证明,王 Art 思维清晰,表达流畅,对受害人的要求合情合理。造成血案,完全是王 Art 不理智的结果,与本人的病情无关,应当负法律责任。而最为糟糕的是,从去年四月份到今年秋天,这个市连续发生的几起伤人案都与王 Art 有关,都是他炮制的,有的案件他还亲自参加了。其中两人重伤,一人为植物人。这些都是王 Art 在法庭上突然说出来的。事后他告诉我,他对自己已经绝望,毫无生的渴求了。

我根本就无法接受这种事实,痛苦得无以复加,不得不用手抵着自己的胸口,而李伯爵并没有停止。

第一件致人重伤案发生在2002年4月21日,被害人叫查玉彬,金丝鸟精品服装店的老板,王Art殴打他的原因是他曾于1999年6月说过一句让你无地自容的话;第二件伤害案发生在2003年7月14日,被害人叫包魁,原因是他曾于1999年9月28日在公共场合让你下不了台;第三件伤害案发生在2003年10月26日,被害人訾来超,西江卷烟厂剧团团长,原因是他曾于2000年春节前说过一句侮辱你的话……

李伯爵好像又跟我说了许多,我再也听不下去了,我在极力回忆1999年6月到2000年春节前发生的事情。

记得那天天气十分燥热,我非常想买一件夏季衣服来取悦王Art。在金丝鸟精品服装店里,我从上午九点开始试装,一直试到十二点半,几乎试遍了服装店所有的衣服。实际上,来前我是看中一款的,但我当时的状况非常不好,既焦虑又紧张,脑子里像被推进了一车垃圾。于是,我反复说那件衣服上的扣子有点松动,尽管小姐一再解释,她可以马上钉牢,我仍然坚持认为这样做还是表明这件衣服是不完整的。接下来,三个小姐继续协助我试衣,我为每件衣服都挑了毛病,我自己满头大汗,焦急万分,几个小姐也疲惫不堪,不知所措。

这期间，有一双眼睛一直在冷冷地观察着我，这个人就是金丝鸟精品服装店的老板查玉彬。他的目光里明显流露出不满和厌倦，这使我更加不安和紧张。我知道我的老毛病又犯了，追求完美而毫无主张，固执而不自信，但我控制不了，我抱歉地说:对不起，太麻烦你们了，我怎么觉得你们的衣服好像都变了形。

这时，那个一直侧身站在衣架模特后面的查玉彬说话了，他阴阳怪气地说:小姐，这要结合个人的身体条件说这个问题，你以为呢?

我的脸顿时红了，这分明是在嘲讽我，实际上，长期抑郁症使我的形体发生了很大变化! 我感到自己的小腹和臀部两侧都在膨胀，以至于我都不敢去照镜子。

我带着羞辱离开了金丝鸟精品服装店，到家就哭开了。记得我的确把这件事告诉了王 Art，我还紧张地告诉过王 Art，说那个查老板好像识破了我，知道我得了抑郁症。

1999 年 9 月 28 日那天发生的事我也非常清楚。

那天举行迎国庆大型会演，会演前由市电视台主持人介绍台上领导和赞助本次演出的企业领导。

那几天，我的躯体反应空前强烈，焦虑、紧张、不安接踵而至，我总觉得有一块石头压在我的头顶上，连路都走不动了。为了不让大家看出这一点，我全身心地坚持着，但糟糕的事情还是发生了。

当时，我负责台上台下的联络工作。此时，赞助单位的领导因故不能到场，派来了第二号人物，而主持人手里的名单仍然是原来领导人的。为此，宣传部长包魁立刻重新拟定了一份新名单交给我，要我马上送给主持人。但由于紧张，我还是把一份原来的打印件交到了主持人手里。结果当主持人介绍来宾时，由于姓名不符，那个企业二号人物的脸顿时愤怒得变了形，像一块紫猪肝。

晚上，后勤人员在宾馆就餐。

席间，宣传部长包魁来看望大家。我内心愧疚，便首先站起来向包魁敬酒。包魁看都不看我一眼说：我是不可能跟你喝这杯酒的。说着，他和大家一一碰杯，唯独临到我时，把杯子收了回去，然后在嘴唇上比画了一下，沉着脸，走开了。

我当即就离席了，出了宾馆就哭，一直哭到家。当时王Art正在备课，见我哭得上气不接下气，便一再追问我发生了什么事。于是，我把这个事告诉他。

2000年春节，在西江卷烟厂的邀请下，文化局派

91

我和另一名同事去为他们的企业剧团编排节目。

开头几天尚好，到了礼拜四，我的躯体反应能力几乎为零，经常处于发愣或答非所问的状态。相反，我特别敏感和固执，为此还跟剧团的一些演员发生了争执。作为一名派出老师，那样做是很没有面子的，也是很没有品位的，而我竟然做了。

那天，台上正在彩排小合唱，我去了洗手间，无意中听到剧团团长訾来超在隔壁打手机，他不无抱怨地说：开什么玩笑，演出时间这么紧张，你怎么给我派来个神神道道的人，再让她指导下去，我的戏台上就乱了套了。

下午，我连招呼都没有打就回到了单位，整整一天没有吃饭。当王 Art 问我时，我告诉了他，接着我打自己的耳光，扯自己的头发，诅咒和谩骂自己。王 Art 紧紧护着我，痛苦万分。

我绝没有想到，王 Art 能把这些小事作为一种刻骨仇恨牢记在他的心里，为了我的三次伤心而做了蠢事。这一切除了我能理解，谁又能理解，谁又能懂呢？

如果我当时能从上海赶回来，可以为他辩护吗？我流着泪问李伯爵。

李伯爵把几张纸放在我的面前。这是我当时为你准备的。他说,本来我想烧了,最后还是留了下来。

我接过李伯爵为我写的法庭辩护词,心如刀绞。


亲爱的审判长、陪审员、书记员以及尊敬的原告:

　　谢谢你们给了我一次发言的机会,谢谢你们给了我一次袒护王 Art 的可能。请允许我这样来说这个案子,实际上它们相隔并不远,请允许我。

　　这个世界美丽非凡,这个世界已把爱提升到了一个空前未有的高度,并通过各种载体加以普及和推广。

　　但社会对另一种爱却是吝啬的,有一个群体,一向是被爱的意识所回避和排斥的。

　　人们不愿正视它的名字,对它很陌生,但它却无处不在,就在你的身边。它有个不敢张扬的名字,叫抑郁,都是仄声。

　　我们一直不大乐意为这个名字构筑任何滋养和宽允的场所,不大乐意为它做爱的细分。

　　你可以有脚气,可以有灰指甲,可以患上各种各样的炎症、各式各样的癌……

　　所有的这些,你都可以堂而皇之地走进医院,当着医生的面,理直气壮地很自豪地毫不掩饰地大声叙述和呻吟。哪怕是性病,也已荣誉地上了报刊、网站和电视,还设了各类医院,产生了许多专家。

总之,只要你精神正常,你就是人,哪怕你已烂掉了身体的二分之一,你还是人。像保尔·柯察金、张海迪、桑兰、霍金等,都是因为身体残疾而成了精神上的英雄。

但唯有你的精神不能生病,一点瑕疵都不可以有,否则你的器官再完美,再工艺,组合得再协调,你也是个废物。你可以得到一个视线,叫斜视;你可以拥有一些评价,叫窃窃私语。

尊敬的审判长、陪审员、书记员,所有的物质都会有磨损,我们的精神为什么就不能出现消耗和障碍,失误和偏差。我们上缴了那么多的税,盖了那么多可以提供安逸和狂欢的高楼大厦,为什么就不能给精神一个疗养、修复的空间和允许度。

这一点只能说明,我们是何等的虚伪、无知和懦弱,我们从来就没有尊重过自己的灵魂和意识,当然也不会给别人丝毫的退路。

那么,我们还凭什么在那儿说什么自由和博爱,我们还凭什么为生命哲学下这样那样的定义,出版这样那样售价不菲的小册子。

我们每个人都有坐这种囚牢的可能,而且在这以前,所有的桎梏都是由我们自己精心打制而成。我们有意无意地在规划着自己精神的绝路。

不幸的是,王 Art 就是那个精神残缺的人。

十五年前,抑或说更早的时候,我患上了可怕的抑郁、焦虑、恐慌综合征。从此,我的精神和肉体一起坠入地狱,每天都生活在黑暗和绝望里,我感到到处都是弓弩,满街都是杀手。

我可怜地掩盖着自己的病症,我每天都得作茧自缚,包裹在一层又一层的阴影里。越隐藏越使自己倾斜、变形和弱小。我的病好像是违法的,无法在社会这个有机体上得到矫正和免疫,我得完整地带回家中。

我找到过一家医院,一家很有名气的医院,这里的医生都受过专业训练,具有高尚的职业道德,连他们都神秘地告诉我,他们会为我保密,如此证明我所处的环境是多么的难容,证明我的病症的丑陋性,难以向众人公开和启齿。

我的病变成了一种如性一般神秘的隐私,但要比性更令人恶心。我们在社会上没有公开的谈

95

论场所,此时,我对面那个人可能和我一样,患有同一种病,但是我们形同陌路,互不认知,彼此悄悄地潜伏和埋葬在人群中。我们鬼鬼祟祟,行为乖张,像一个又一个做了见不得人的事的贼。

你永远都不会知道,我的病不能成为住院的理由。当然,我们首先不敢如实上报和请示,那可是自投罗网,自找难堪,把自己送进监狱。

我们不得不住院时,已经变成了一个谎言的编造者和一个病种的载体,在那种情况下,大家对我们充满了怀疑,我为此而得不到鲜花和慰问。我待在医院里时,犹如一只被抛弃的隔年桃核,更像一只甲壳虫。

我们在生活中所拥有的最快乐的感觉就是想象着如何体面地自杀,然后,把这种病的历史一笔勾销,消灭痛苦的本源。

你们可曾见到过这么抽象而刀刀过身的恶性循环?它们的代码组合是:焦虑—紧张—不安—恐惧—绝望—混乱—令人眩晕的一直向下的情绪低落,从而形成了一个巨大的旋涡。

在我们那个家庭里,王 Art 是站在离这个旋涡最近的人。他没有你们幸运,他无法远离和逃避,而且,他又是那么爱我,不能不反复尝试着将我打捞出水。使我伤心欲绝的是,我不知道他就那样被席卷进来,而且比我下沉得还快,坠落得还深。为了把自己也为了把我拯救出来,为了让孩子远离黑洞不要成为第三名抑郁症病人,他要求和我离婚。他在我根本就不知情的情况下,在我近似疯狂的报复下离了婚,我想象不出他是如何走过那段苦难的心路历程的。

随后,事情并没有他想象的那样好。他的病情不断地加剧,他遇到了比我更难以承受的冷遇、嘲弄和奚落,他的心态一天比一天失衡了,他应该报复我,他却没有那么做,反而去攻击了三个当事人,而这三个人,仅仅是当初羞辱过我,他却认为他们是一种势力的代表,他要打倒他们,他认为自己是神圣的,自己的病是高尚的、不可亵渎的。

也就是说,他所做的极端之举,都是为了一种捍卫、一种复仇、一种尊严、一种渴望和要求,还有警告、示威、分庭抗礼等。

然而,他毕竟犯下了罪过,你们已说过他犯的是滔天之罪, 但这个罪过都与我们的病情有关。我请求法律,能在各类宽宥的条款中加注更多保护智力障碍者和精神分裂症者的内容,我肯定我的丈夫王 Art 在那个时刻是完全分裂型的,他丧失了正常人的意志。

　　敬爱的审判长,法庭上所有的亲人们,在精神灾难面前,我们应该有一颗圣母的心,爱他才有意义,才是本爱及博爱,否则人类的道德就不能算是完善。为此,我乞求你们,高高在上的你们,能可怜一个精神病患者,过去大家没来得及拯救他、同情他,现在正是时候。


看完这篇由李伯爵书写的辩护词,我再一次伤心地哭了,我恨自己那么固执,那么狭隘和自私,恨自己连为自己的爱人读一次辩护词的机会都不愿意抓住。

王 Art 看过这份辩护词吗? 我抽噎着问。

看过。

他希望我在法庭上宣读吗?

是的,他希望。不过,他很矛盾,很担心,他怕你隐藏了十几年的秘密因此而公之于众, 救不了他的命,反而给你带来无穷的麻烦。

他浑蛋,他真浑蛋! 我失声痛哭。

我哭时，李伯爵在悄悄地擦拭着自己的眼泪，这种景象令我更加悲伤和自责。

王 Art 是怎么走的？我悲切地问。他们枪决了他？

是的。李伯爵说，叹了口气。

那天他穿的是什么衣服？

一件风衣，灰色的。

是我们在结婚前买的，我买的。我哭着说。

李伯爵为我续水。

他那天就那么躺在那里吗？

李伯爵说：我买了条羊毛毯……那天下雨……我用毯子盖上了他的脸。

现在呢？我泣不成声地问。他在哪里？

他父母和哥哥都来了，已把骨灰带回了洛阳。

我趴在桌子上啜泣起来。李伯爵并不劝我。

李哥，王 Art 临刑前说了什么话？对我有什么要求吗？

李伯爵想了一下说：他跪在车厢里，一直有个武警在按着他的头。当我出示律师证后，武警允许我和他说了两句话。

他怎么说……

他笑着对我说：李猴子，给我一瓶罗拉，我觉得浑身不对劲。

你给他了吗?

我疯了一般地向大街跑去，但所有的药店都不卖这种药。他们说，这种药只有精神病院才能开得出来。我正计划着如何去精神病院，却听到了一阵阵尖厉的警车声，他们把王 Art 带走了……

2004 年清明节，我独自去了洛阳，我在一个叫凤临滩的公墓群里找到了王 Art 的墓，献上了一束这个季节最美的花——玉兰。

令我感动的是，王 Art 的墓比周围的墓都大都华贵。墓身由白珍珠、黑珍珠两种大理石护面，正牌上镶有十六年前王 Art 导演大型歌舞剧《爱之后现代》时的一张工作照，在为王 Art 立碑的落款处只有一个人的名字——王点点。整个墓座在明媚的阳光下熠熠生辉。

我在王 Art 的墓前，从上午九点，一直坐到夕阳西下。

此时，我已默默流尽了所有的眼泪，无数遍地吻了王 Art 的名字。

最后，我在点点的名字旁贴上了我带去的名字——爱妻刘露露。然后，磕了三个头，并把一瓶罗拉轻轻地放到了王 Art 的名字下。

# 墨底

一

"黑色之夏"系列残害女性案件告破后,子尚跟我谈到了一部上个世纪六十年代电影,叫《大浪淘沙》,说的是大革命时代的故事,子尚说,这个电影里有四个青年,一个叫靳恭绶,一个叫余宏奎,一个叫顾达明,还有一个叫杨如宽。这四个青年使他想到了在"黑色之夏"案件里出现的四个年轻人。这个事我跟席克也聊过,从席克嘴里我得知,"黑色之夏"里的四个年轻人和《大浪淘沙》里的四个年轻人相去甚远。《大浪淘沙》里的四个人物是剧作家典型化以后的产物,每个人物的出场和结束都经过精心设计,都有自己的任务。而"黑色之夏"里的四个年轻人则轻松了许多,他们被生活散放在各自的轨道上,自在逍遥,尤其真实、本色。在这个案件里,花立军、许度、段哲喜、阿了同在志远传媒大学读书,其中,花立军、许度和段哲喜还同在一个寝室。许度打云南的一个偏远山区来,内向而保守,是个不会给我们带来多少故事的人。段哲喜就是志远市人,父母亲都在省轻工业厅工作,家庭条件优越,博闻强识,能言善辩,玩世不恭,挺讨女生喜欢的。在爱情上,他志向宏大,行动果敢,整天期望冒险并且能有所轰动。阿了也是志远市人,不过是志远市郊区的,后来城市扩建到那儿,征了她家的地,全家随队编入了一个叫旺口的小城镇。她是这四个人物中唯一的女性,漂亮、随和、爱笑。这一点受到外号叫"博士"的段哲喜的大为赞赏。他跟许度就说过,开放、随和、淫荡应该是当代女性的基本品德,这样会为男人节省许多麻烦。最差的要数花立军,内蒙古赤峰人,其貌不扬,甚至是邋邋龌龊,信心不足,吝啬、爱占小便宜,怕见女孩,见到异性就脸红,从不参加学校的各种联谊活动,喜欢单独行动。他在寝室偷过段哲喜的钱。一向锋芒毕露,得理不饶人的段哲喜当即就把这个事情指了出来。许度看不过花立军的尴尬和窘迫,出面调停和摆平。钱早就被花立军花了,许度就把自己大哥寄来的钱还给了段哲喜,并且希望段哲喜不要把这个事情说出去,段哲喜满口答应,但是一个礼拜后,因为食堂财务室被盗,校指导员还是找到了花立军。花立军知道是段哲喜上的烂药,他站在学校的旗杆下拍着胸口喊:"段哲喜的钱是老子偷的,我感到光荣,因为他父母是在职腐败,我不过是梁山好汉。梁山好汉做事磊落,食堂被盗不是老子干的。"

　　"老子"很快就被退学了,两年后,花立军在志远成了一名出租车司机,段哲喜和许度在学校招聘会上被志远海猫玩具厂招走,阿了去了南方一家证券公司,一年后又在段哲喜的引荐下,来到了海猫玩具厂做了车间检验员。前面我们说过阿了,实际上谁听我那么说都会很敏感,显然,这是个有故事的女生,这个美丽得要命的女孩,注定要让一些人幸福,让一些人痛苦,让一些人包藏祸心。2008年7月10日晚十点左右,她在下班回家的路上被人打劫并被杀害。正在苏州查案

的欧阳席克被急电调了回来,李小兰局长向他介绍了两年来发生在旺口大堤上的案情:

2006年7月16日夜里十一点三十分,夜班女工夏雨,骑着自行车经过旺口大堤小树林时,被后面冲上来的一个男人撞倒。犯罪嫌疑人蒙面,强壮,骑的是一辆带安全杠的摩托车,这种车在当地又叫架子车。男人要强奸夏雨,受到了夏雨的激烈反抗。这个男人,先是狠狠地向地下撞击夏雨的头颅,然后,去掐夏雨的脖子,当夏雨不敢反抗时,这个男人便将夏雨拖下大堤实施了强奸。2007年7月14日晚十点十五分,在志远海猫玩具厂上夜班的女工阿了,经过旺口大堤小树林回家时,同样被从后面赶上来的一辆摩托车撞倒,这个男人蒙面,强壮,他要强奸阿了,受到了阿了的激烈反抗,这个男人,先是狠狠地向地下撞击阿了的头颅,然后去掐阿了的脖子,但是阿了誓死不从,拼命反抗,连手中的摩托车帽子都砸烂了,最后罪犯放弃受害人逃脱。时隔一年,也就是2008年7月10日晚十点四十五分,同样是志远海猫玩具厂的女工阿了,下夜班后经过旺口大堤小树林时,又遇上了那个家伙,这一次她没能逃脱,她死了。

同一个季节,同一个地方,同一个人,同一个时间段,同一种手法,犯罪嫌疑人撞人时用的是同一部车。"这个案件让我丢脸!"李局长说,"你拾起来吧。可以并案侦查,从作案的时间、地点、季节和犯罪嫌疑人的穿着来看,基本上可以肯定,这三起案件系一人所为。犯罪嫌疑人可能有前科,也可能是一个性变态者。"说话间,李局长点上一支烟,然后扔了一支给席克。席克把烟掐起来,先是在烟的腰身上舔了一下,然后"啪"地点上了火。李局长说:"这家伙之所以这么嚣张,就是因为我们没有及时破案,这就助长了他的侥幸心理。目前,案件已经由信访办转到了市委,书记特地找我和乌局长过去谈了话,要求我们挂牌破案,速度要快,出拳要狠。"席克仍然没有说话,他在想着什么,脸上阴森森的。"局党委有三点指示。"李局长在席克面前来回踱着步说,"第一,派人蹲坑潜伏,伺机抓捕;第二,围绕有前科的人员和性变态人员进行摸排。摸排分为两种方式:一是到案发现场附近的海湾、社区和村镇摸排;二是网上摸排。这几天,你哪也不要去了,先在微机室调阅档案,走好这一步,再把侦察范围扩大。"席克没有表态,离开局长办公室,他也没有去微机室,而是去了解剖室,在那里,他看到了受害人阿了。

在解剖室,法医告诉席克,被害人并没有被强奸。

"你能肯定？""肯定，席克探长，我们有检验报告的。阴道内没有遗留物，当然，她已不是处女。"接着，法医又向席克详细汇报了尸检情况。最后的结论是，女孩先是被扼昏，然后又受到了重击，最后缺氧而死。"找到凶器了吗？"席克问，两眼盯着死者看。这是个有一米六九左右的女孩，很端庄，眼线流畅而绵延，应该是一个大眼睛姑娘，眼睫毛很长。"没有。"法医说，"凶手在现场没有给我们留下什么！""你觉得凶手使用了什么凶器？""石头，截面应该很圆。""现场找到这块石头了吗？""那是一段海湾大堤，到处都是那样的石头，他们没法判断哪一块是作案的石头。""这是一个多么巧妙的回答。"席克说，俯下身子，歪着头，仔细看着女孩的脖子。那里有一道深紫色的掐痕，后脑则有一大块明显的瘀血点。"作案过程中，犯罪嫌疑人充满了仇恨，死者的喉骨几乎被勒断。"法医说，并把死者的头部向上掀了掀。"除此之外，还有明显的伤吗？"法医揭开了盖在姑娘身上的那层薄薄的白布，女孩立刻全裸着呈现在席克面前。席克好像被太阳光晃了一下，眼睛立刻眯了起来。

姑娘的身材很美，好像是受过专业的形体训练，匀称、流畅、非常协调。席克的眼睛从姑娘的额头蜿蜒着掠过脸颊、乳房、小腹,然后停留在姑娘那微微隆起的私处。席克觉得那里的体毛过多,因为他想凭肉眼看到他想看到的东西,譬如被强行侵害的痕迹,撕裂点等,但是,姑娘这些旺盛至极的毛发阻挡了他的视线,于是,他的目光不得不向下走去。法医能读懂席克的眼神,于是当席克的目光停留在姑娘的脚尖上时,他又把姑娘翻了过来。席克发现姑娘的后背很干净,不像他想象的,会有许多细密的垫枕伤和划痕。"尸体是在案发现场发现的吗?""是的。我们可以确定,死者所在的位置就是第一案发现场。"席克没有再问,室内,放在附近的刺鼻的福尔马林泡尸液让他厌烦。他掐出一支烟来,点上火,深深地吸了一口。

回到刑警队,席克反复地洗手,一直把自己的手洗得发麻。这是他的习惯,每次看过死人,接触与否,他都要反复地清洗,他觉得这样可以消除那种场合给自己带来的心理压力,同时也可以随时保持自己对事件的新鲜度。这时,杜子尚进来了,抱了七八个档案盒,这是他按照局长的要求从近三年来的强奸案中整理出来的资料,他向席克邀功:"这么多资料如果都让师傅在电脑上看,那可够受的!"但是席克并不领情,他点上一支烟,嘬了一口,然后走了,子尚在后面喊:"你去哪？"席克走到自己的车前说："去旺口。""去那里干什么？"子尚摊开两只手说，"刑侦二处早就把那里翻了个底朝天，遵照局长的指示，我们俩目前的任务是查前科呀。"席克不理他，发动了车子，然后向杜子尚挥了下手，子尚无奈地走出办公楼。

一个小时后，子尚随席克驱车来到城市的边角，然后从一条宽大的公路桥上急转而下，不一会儿就上了旺口大堤。大堤约有一公里，堤的两边长满了叫不出名字的野草，这些野草杂乱而蓬勃，显得精力旺盛，来势凶猛。大堤的另一头是一个小城镇，这就是旺口，2006年那个受害的夏雨和2008年受害的阿了都住在这个镇子上。旺口不大，子尚很快就把阿了的家找到了。此时，这个家庭正笼罩在天昏地暗之中。阿了的母亲坐在院里的一张小床上，一边哭着，一边向劝她的人叙述阿了出事的经过。阿了的父亲，一个强壮如牛的汉子则早早地病在了床上，不吃不喝，一点一点向下垮塌。阿了的两个姑姑，一边哭，一边劝着她们的大哥。席克只好通过村长把阿了的妹妹阿知从家里喊了出来。

阿了的妹妹显然没有阿了漂亮，也没有阿了高，这会儿被悲情所困，显得憔悴而虚弱，满是雀斑的脸能使人想到一块被炕糊的锅巴。

"你问我吧!"阿知突然这么说,声音很高,高到和她的个头不成比例。"你们问我现在最想做什么,你们问! 大声地问我。"阿知的开场白让席克很意外,因为他正在琢磨怎么开口呢。他发现,这个叫阿知的女孩突然间换了一个人似的,坚毅、刚强,目光中充满了仇恨,眼泪像瀑布一样地向下流着,两个拳头夸张地紧握着,僵硬地端在胸前。子尚被这家人的悲哀所深深地感染着,他神色灰暗地说:"真不知道能为你们做些什么?""抓住他。"阿知颤抖着说,"只要能抓住他,你们要我干什么都行! "席克看着阿知的头顶说:"阿了出事的当天你在哪里?""在家。"阿知痛苦地摇着头说,"离她不到三百米。很近。""你是什么时候知道阿了出事的?"阿知打开手机,一边流泪一边翻着上面的记录:"夜里十二点半。不,确切地说是一点多钟。"

"这个事情你一直记在手机上吗? "席克看着阿知的手机问。"不是,十二点半,许度打来了电话。""许度?"此时,这可是个新鲜而敏感的符号,"许度是谁? "席克问。"我姐的男友。""哦! 他在电话里怎么说?""他说我姐又和他吵架了,赌气回家了,他不放心,打电话过来问。"席克掐出一支烟,舔了一下,点上火,深深

109

地吸了一口问:"于是,你们想到阿了应该到家了。"

"是的,可是她没有到家呀,她被人杀死了。我爸当时就昏过去了,可怜的爸爸!"阿知无法控制自己,放声大哭,哭时就用胳膊挡着自己的眼睛。等阿知的情绪平静了一些,席克问:"阿了出事前和你通过话吗?"阿知擦干眼泪,又翻起了手机,翻了一阵后说:"通过电话。""在电话里她都说了些什么?""她打手机时没有和我说话,我只听见她在和谁吵架,她声音很大,她说,你摔,你摔!然后就关机了。""她在和谁吵架?""我问过许度,他说那个时候他没有和我姐吵架。""这次通话是什么时候?""夜里十点十分。"席克有些疑惑地看着阿知,他刚才觉得阿知又要去翻手机记录的,但阿知却一口报了出来。阿知哭着说:"这个时间我永远忘不了,这是我最后悔的一件事,也是我听到的我姐在人世间说的最后几句话。"席克还是看到了阿知的已接电话记录,是十点十分。席克转而问了一些许度的情况,他可不愿意轻易放掉这样一个人物,他离受害人很近,就有可能离案件很近,尽管这是基本理论,但是很重要。

许度,二十八岁,比阿了大三岁,和阿了同在志远市海猫玩具厂,这个先前我们郑重其事地介绍过,但是我们没说他是设计师，而且还是阿了的男友，这一点尤其关键。

"他们是怎么认识的？"席克问。"他们在一个厂，他一直在追求我姐，追得相当苦，追了好几年了。""是个帅哥？"席克问。"是的，可是我姐就是不喜欢他，但他是很走运的。我想是那个家伙帮助了他。""是吗？谁帮了他？""去年夏天，我姐姐出事后，很痛苦，很绝望，整个人完全垮了，许度真会抓机会，他每天都到我们家来，像影子一样和我姐寸步不离。我姐后来还跟我说过，那时，许度简直就是她身上的一件棉衣，紧紧地裹着她，扒都扒不下来，不过，这件棉衣很暖和。我想没有什么比这个更会让一个受伤的女孩感动的了。不久，我姐姐改变了对许度的看法。我姐姐很感性，她答应了许度，都快结婚了。"

"真的是个好听的爱情故事。"席克说，"你姐姐和许度吵架吗？"这个问题问得不是太高明。"是的。许度还在追我姐时俩人就吵。我就说过，他们根本就不像一对恋人，倒像是干货店的师傅，整天炒来炒去的，都快炒煳了。""是吗？这有点意思。都吵些什么呀？"阿知叹了口气说："谁也不怪。许度小心眼儿，芝麻大小，我姐也是，就为这个，没完没了。你知道，心眼儿小是

111

过不去事的,哪怕稍大一点,这就像筛子。""你怎么肯定当晚十点十分和你姐吵架的不是许度?""不会的,许度没有必要撒这个谎。""许度打来电话后,你打阿了电话了吗?""打了,关机了,我们害怕了,这才过去找……"阿知又痛苦地摇起了头,"现在看来,我们都忽略了。都把去年的事情忘了,我们不相信那个畜生真的还敢在路上等着我姐。我现在想起来了,这个畜生每天都会躲在草丛里,只是有许度护送,他才不敢下手,可是那天我们都忽略了……"阿知已经说不下去了,泪水又涌了上来,滴滴答答地落在地上。她不停地摇头,心里俨然充满了自责,好像这个案件就是她做的一样。"你说这个家伙每天都会藏在路边的草丛里?"席克问。阿知点了点头。"为什么别的人没有碰上?我是说那几天。""因为我姐漂亮。我姐真的漂亮,真的。像天仙一样……"阿知泣不成声。席克斜着眼看着阿知,此时此刻,子尚的心中则充满了愤怒,如果那个蒙面的家伙出现在他的面前,他绝对会冲上去,用手枪把狠狠地砸向他的脑袋,为此,他不喜欢席克看阿知的目光,这个目光显得冷酷而麻木不仁。但这还不算完,席克让子尚感到冷酷的是他仍然把刀子向最深处撩,子尚也知道,这也许是一箭双雕,但是他非常担心

112

受害人的亲属无法接受。席克向阿知打听起了2007年夏天阿了被打劫的事，而且是直言不讳。

"你姐姐真的很倒霉，三次案件，她碰到两次，而且最后还是在劫难逃！"席克说，"这是不公平的。"阿知点着头，抹着眼泪，"我跟姐说过，你这么漂亮，早晚会有坏人打你主意的，真没想到是这种要命的结局，我姐姐命好苦。"她向席克介绍了去年夏天阿了碰上的那次抢劫。

## 二

夜里十点，小镇已处于收敛和疲倦状态，四处的灯火敷衍而稀疏，路口的那盏路灯不知被谁家的孩子打坏了灯罩，于是，一只又蠢又大的灯泡裸露在外面，显得很奇怪，引得一大群叫不出名字的虫子，蜂拥在一起，闹哄哄地撞击并死亡。阿知突然想到去年这个时候，有一个叫夏雨的女孩在下夜班的路上出事了。"一辆摩托车从后面撵上来。"夏雨说，"是个架子车。它一下子就撞倒了我。是个胖子，蒙脸呀。他不跟我说话，冲上来就打我，打我的脸，然后，掐我的脖子。"夏雨说这些话的时候，恐惧凌空而下，不可抵挡，许多人都在颤抖，打寒噤。他们看到，夏雨的脸是青紫的，手臂上到处是深深的掐痕，衣裙被撕破了，并且很脏，头发凌乱。这是个漂亮的少妇，是一个配得上用许多华丽辞藻的少妇，如今真像是一只烂瓜。"最后，他抢走了我的手机。"夏雨哆嗦着说，"我把手机给他后他走了，是的，他拿了我的手机后就走了。"她向周围的人强调说，这句话她说了好几遍。说这句话时，她有好几次都是把目光偏到了一边。阿了回来后和阿知讨论过这件事，阿了说："鬼才信。他怎么会走。肯定被做了。"阿了说这句话时笑了，表情是戏谑的。"做"这个字并不冷僻，电影电视里常说，有的电影还在主人公的对白字幕上加上了英文"Make love"。阿知也跟着笑了笑。她认定了姐姐的说法，她觉得这个平时很漂亮，很骄傲的夏雨，应该是那样的。

阿了说得很对，夏雨当晚被强奸三次。按照夏雨在报案时所说的，强奸她的那个男人很从容，不慌不乱。他很强壮，他说："我在桥上等你都有半个月了，每天都看着你骑车回家。你实在不应该让我看到你这么多次！"强奸者用一个指头得意地抚弄着夏雨颤抖的嘴唇。天哪！夏雨连连叫悔，她每天回家都能看到桥的另一边站着一个人，旁边就放着这样一辆摩托车，她想这个男人可能是便衣警察，想到这她心中还温暖过。她纤弱而感性，是一个心中充满着浪漫情结的女人。

"请您不要这样……"当夏雨发现这个男人熟练异常地拉掉自己的短裤时，她哀求他。这个男人强调了自己的观点："漂亮的女孩应该受到强奸。如果我不强奸你，别人也要强奸你，这对于我来说很不划算，你要配合我的工作，要不你就会像稀泥那样的烂。"

一个月后，夏雨走了，离开了旺口镇，因为过了一段时间，这个小城镇上许多善于评论事件的人，已不再讨论那个蒙面的家伙是如何的阴险和可恶，不再讨论夏雨留下一条命是如何的侥幸，他们开始讨论那个夜晚，那个家伙是如何从容行事的，夏雨又是如何满足那个家伙的。"哎，真是奇怪。夏雨胆子多小，不会反抗的，弄就弄了，为什么还要打？""有的人喜欢那样，我在电视上看过。"讨论时，脸上的表情都很兴奋，有的眼睛里还充满了血丝，嘴角上挑着一种诡谲的笑。当然，有些人的笑干脆就是淫亵的，淫亵到羡慕那个强奸者的地步。于是夏雨在众人怪异的目光里消失了。

说着就是一年了，这是夏雨出事的那个月份，7

115

月;又是夏雨出事的那个时间段,深夜,所以阿知有点紧张,她开始担心下夜班还没有回来的姐姐,就在这时,阿了回来了,整个人跌跌撞撞的,像一片被风撕烂的树叶。罪恶的故事就这样完全被重复着,阿了的头发凌乱着,眼睛血红,半个脸充满了密集而细小可辨的出血点,脖子上有两个明显的掐痕,手背上有几处被搓开了皮肤,两个膝盖流着血,大腿上到处都是划痕,右臂靠里的一部分青紫着,裙子被撕得很烂,沾满了泥污。随着阿了的放声大哭,院子里立刻乱成了一团。还是父亲清醒,他报了警。"我就用这个胳膊紧紧地抱着涵管。"旺口派出所的民警赶到时,阿了向他们说,"因为他把我向水边拖,我不会水呀,他会把我淹死的……"她反复说这句话,不停地说,整个人蜷缩成一团。几个民警觉得阿了还处在混沌不清的状态,他们向阿了的父母亲作了一些交代就离开了。看着姐姐或哭或笑,惊恐无度的样子,阿知急得乱转,最后她突然想到了许度,她忙给许度打去了电话。

"为什么要打电话给许度。他不是在出事后才和你姐姐确立关系的吗?"席克问。"是的,他们那时还没有确立关系,甚至连恋爱都谈不上,但是,许度追我姐追得很凶,在那个时候,家里出现这么大事,我首先就

116

想到了他,不知为什么,我一下子就想到了他。"

不久,许度神色慌张、大汗淋漓地赶来了,后面跟着同样神色慌张的花立军。阿知一把揪住许度,把他拖到了一边,埋怨他不应该把别人带来,许度说:"你只说出了大事,我不知道什么事呀?"是的,在往旺口赶的路上,他和花立军一直就在猜测着在这样一个深更半夜里会发生什么事。许度想到了这段凶险的大堤,因为他在深夜送过阿了一次,回去后,自己很害怕,他不知道阿了这样一个女孩是怎么敢回家的。他总觉得这样下去会出个什么事。但是花立军安慰了他,花立军认为,去年夏天的事谁都知道,阿了不会在这件事上发傻,估计是和父母吵架了。"我们家邻居,前天的事。"花立军说,"就因为父亲说了她几句,喝大药,骑仙鹤走了。"许度的脸色顿时就白了,花立军觉得这时许度在阿了身上真的用了心。

阿知把姐姐被打劫的事告诉了许度,许度脸上的汗立刻就下来了。不久,他从门缝里看到了趴在床上哭泣的阿了。由于气愤和心疼,他浑身颤抖,一时间竟然看着阿知,什么话也说不出来。阿知说:"我不能忘记许度的那双眼睛,一直在向外面流眼泪,一直就那么流,整个人就像只水壶。下午的时候,我姐姐愿意见

117

人了,他一见到我姐姐就跪下了,他不断地揪自己的胸口,不断地揪自己的头发,短短几个小时,我看他竟然像根被烘干的萝卜,一下瘦小了许多。"

许度的极度伤悲和忏悔,让阿知、阿了的父母感动不已,也让处在极度恐惧中的阿了暂时得到了莫大的安慰。可是,这种安慰对于阿了来说是微不足道的,阿了在两个月的时间里用了毕生的精力来考虑死亡问题。她整天神情恍惚,言不由衷,一听到摩托车的引擎响就吓得尖叫。有一段时间,根本就不能见夜色,只要天一黑,她就会蜷缩成一团,浑身发抖,脸色苍白,最厉害时,一下子就昏厥过去,然后一大家人哭天喊地,忙上半天才将她叫醒。这段时间,许度代替了阿知,每天都会用毛巾为阿了敷眼睛和膝关节。但是,阿了周身冰冷,僵硬,气若游丝,就像是一个死人。阿知单独约了许度,"怎么办?"她问许度,她怕许度退却。许度不断地抽着烟,他形容枯槁,手指纤细而苍白,抽烟时,身子向前倾,两只胳膊紧紧地向里收着,像是很冷的样子。阿知知道,许度过去从来不抽烟,但是,仅仅不到二十天,他的中指已经被焦油渗透并发黄了。许度终于抬起头来,他说:"追求你姐时我说过,许度不能给你荣华富贵,但是可以把生命交给你,可以为这份爱打一辈子工。你姐姐蔑视地看着我说,和所有的男人没有两样,你同样会在这方面用尽美丽的辞藻,但是我心里明若悬镜,你不过是和我的容貌对话,还有我的身体。我就不相信,如果我是一只断了翅膀的丑小鸭,你还能说出这样的豪言壮语。现在,我非常想问你的姐姐,命和心都在这里,你需要什么?"阿知看着眼中泛着泪花的许度,有点哽咽地说:"许度,我姐需要温暖、理解和无私无悔的坚守。"许度坚定地点了点头。阿知慢慢走近许度,当着阿了的面拥抱了许度。

但是,许度在爱情上的坚决,并没有让阿了好起来,她整天睁着眼看着天花板,很少和许度说话,许度来了走了,在那间屋里进进出出,她都没有什么反应,她好像是魂不附体,许度则像是一个毫无意义的影子。有一天,终于出事了,下午三点的时候阿了突然投进了家门口的一个海湾。许度首先听到了有人落水的声音,他纵身跳了下去,闻讯赶来的人,把他和阿了同时打捞上来。阿了第一次对许度说:"你不会水怎么敢救我?""我想让你占个便宜。""什么便宜?""死了还能白搭一个。"阿了笑了笑,这是几个月来,许度第一次看到阿了笑。当笑容消失后,她开始仔细地看着面前这个略显粗糙的男人,心中开始有了一些感动。这些

119

天来,许度的许多行为都是可以用"舍身"两个字来形容的。这种舍身让她在极度自卑和绝望中看到自己的价值,让她打消了许多关于生存的疑虑和困惑。由此,她觉得魂已来兮,周身开始缓缓涌动一股股叫不出名字的暖流抑或说是春潮,在回溯,在蠕动,在滋养着她已经枯萎的神经。她轻轻地叹了口气,轻声地问许度:"你救我一次,能救我一生?"许度镇定地说:"没问题。"第二天,许度来了,他带来了自己的被褥,同时,还带来自己辞职报告的复印件。他站在那扇大铁门后面,仰着头看着满天错乱而下的雨线,然后认真地跟阿了说:"我是一个没有多大用处的人,但是……可以当一件蓑衣。"他说这句话时,用尽了感情,喉头里有些哽咽。阿了把脸背了过去,她流眼泪了,因为她的心里风雨正急。

三

"许度是我姐的救命恩人!没有他,我姐姐是活不下去的。"这是阿知对许度的最后总结,眸子里充满了激动和坚定。对于阿知叙述的 2007 年夏夜阿了的可怕经历和阿了与许度的爱情故事,子尚更关心男主人公,他自始至终都被感动着。这个多情的家伙闹着一定要见许度,而这个正合席克之意,他执拗地坚持着自己的判断,他就是觉得,2008年7月的夏夜,是阿了的一个熟人把阿了引到了那里,而能在那么深的夜里,来到那么幽静的地方,必定是阿了特别信赖的人。这个人如果是个框子,他觉得可以套在许度身上。

他们很快就见到了许度,这是一个被极端痛苦深度打击的人,已经不能用憔悴二字来形容了,此时的他,眼睛深陷,虚弱而可怜且有些痴呆地看着席克。"我们一定要见你,是因为你和阿了是最为亲近的人。"席克说。许度目光无神地看着席克,然后慢慢地流出了眼泪。这些眼泪来得很快,很多,前赴后继,让人心动,但许度本人好像没有任何感觉。他说:"是我杀了阿了。"他慢慢伸出手,"铐我走吧。"

席克感到很意外,他掐出一支烟,趁自己舔了一下烟身的时候,斜眼看了许度一眼。果然,他看见许度刚刚伸过来的双手一下子耷拉下去,头颅也是。许度用沙哑的嗓子哭诉着:"我不该和她吵架,我应该能想到她回去有危险。我为什么要和她斗气,我如果打的撵上去……"席克点上烟说:"当天晚上,阿了是什么时候离开你的?""九点半左右。""你们在一起吃了饭?"

席克问。许度痛苦地摇了摇头："我们吵架了。""九点半你们在吵架？""是的。""你们吵得很厉害？""都怪我，这件事真的怪我。""你们在哪里吵的架？""完全是个误会。我太狭隘了，再也没有男人会比我更狭隘的了。""我们了解了一些你们的爱情，"子尚说，"很受感动，我们觉得她是爱你的。""毫无疑问。可是我一点都不珍惜，所有的原因都在于我们的爱太靠前了，我想结婚，我一直就催促着她，可是她对我的想法反应并不强烈，于是我的心理就很不平衡，你们不知道，她像一朵四季不败的花朵，到哪里都会绽放，都会引起渴慕和仰望，这一点，我总是不放心，当我为她不愿意结婚而苦恼时，我在茶社看见了她和别人在一起。你们可以想象我会怎么样。""尤其是你沥血付出之后。"许度狠狠地点了点头。"怎么？难道你摔了她的东西？"席克问，斜着眼睛看着许度。许度痛苦地将脸埋藏在两膝间。"你把她什么东西摔了？""摔东西？"许度有点迷惑，"没有，我们见面后什么话都没说，在这方面，她一直跟我玩兵法，我也从不示弱。但是，我想我的矜持激怒了她，她疯一般地钻进了别人的车，从此再也没有回来。"子尚看了一眼席克，他觉得席克问及摔东西一事，有些奇怪。这时，席克掐出一支烟来，高高地抛给许度。

这让子尚错愕,子尚知道,席克抽烟从来就不知道给别人,能抽他一支烟,就等于接受他献血了。许度接了过去,大口大口地抽,一边抽一边流泪,不能控制时就把脸夹在双膝间。过了一会儿,见许度平静多了,席克问:"你说她疯了一般地钻进了别人的车,谁的车?""出租车。""此后你们再也没有联系过?""是的。不,我打过她很多电话,她都没有接。大约是一点多,她妹妹打来电话……真是五雷轰顶……""你好像说你看见了她和谁在一起?""是的。"许度深深地愤怒地叹了口气,"这是个阴谋家,路人皆知的色狼,玩弄女性的魔术师。还有一些贬义词非常适合他,我一时想不起来了……""谈谈他的情况好吗?"

从许度的叙述中,席克得知,当晚,阿了和许度生气后是和一个叫段哲喜的人一起走的。关于段哲喜,我们在前面用较少的笔墨描述过他,目前,他和许度在一个设计室。"当晚十点十分你在哪里?"席克突然问。许度想了一下说:"海边。""谁证明?"许度猛然抬起头,擦去眼泪说:"我的一个朋友,花立军。百姓汽车公司的出租车司机。"席克提出见花立军的要求,许度立刻打通了花立军的电话。花立军在电话里喊:"你那点虾×事不要再找我好不好?油涨价了你知道吗?别人

123

都拉到一百八十多块钱了,我他妈还没有八十呢。要不你把我的损失给补了。一百块。"许度说:"你来吧。"

不一会儿花立军到了,穿着半截裤,两只脚上穿的鞋不一样,秃顶,方脸,左脸颊有一块伤疤。许度后来告诉过席克,花立军脸上的那块疤是被人打的,因为他向顾客多要了一元钱。进了院子,花立军就喊上了:"钱准备好了吗?见不到钱,我就站在门口了。"子尚首先从屋里走了出来,他向花立军出示了警官证。花立军感到很意外,他怔了一下,然后向子尚敬了一个军礼。子尚对于花立军的这个莫名其妙的军礼毫无反应,只是向外让了一下,然后看着花立军向屋里走去。

"请坐!"屋里,子尚指引着花立军。花立军坐下时,迷惑地略有怨怒地看了一眼许度。许度不安地却故作镇静地解释说:"公安局的,为了阿了的事来的。"花立军恍然大悟,他又不伦不类地向席克和子尚行了一个军礼,"让你们费心了!"他诚恳地说,"这件事快把我这个哥们儿拿弯了。"席克提出了让许度回避的要求,许度随子尚去了院子。"你和阿了熟吗?"席克开始了他的第一句。花立军笑了笑说,"何止是熟,我、许度和她都是大学同学,后来又在一个厂工作。在学校时她是校花,在工厂又是厂花,大众养眼产品。""阿了出事前

124

你见过吗?""见过。"花立军说,"在薪水茶社门口。""那是什么时候?""九点钟左右。""是 10 号吗?""是的。""十点十分你在哪里?""十点左右,我在大街上拉客呢。哦,拉客,这个词用得不太妥当,呵呵呵……""当晚,许度找过你吗?""找过——"花立军拖着长长的声音说,忽然现出了一副不厌其烦的样子。"他把阿了当金鱼养,拿我当鱼缸,一时都离不了,这个那个的,没完。""因为什么找你?""还不是在薪水茶社门口的事。"花立军说,"许度看见阿了和别人从茶社出来。两人吵翻盘子了,阿了一气,走了,许度心情不好,跑海边去了,接到他的电话,我开着出租车就过去了。"席克点了点头,"你见到许度是几点?"他问。花立军想了一下说:"十点半不到。十点二十左右。""也就是说,当晚你在海边见到许度时不到十点半?"花立军微笑着点了点头。"你认识段哲喜吗?"席克转而问。花立军说:"认识,刚才说大学同学的事把他给落下了。他也是我们大学同学。""他和阿了的关系怎么样?""是阿了的追车族。他喜欢车,他以各种车型为那些女孩命名,也不知被他追坏了多少部车。""当天晚上你看见阿了和他一起走的吗?""把话照亮堂地里说吧,他就是这里的祸因。就是他和阿了从茶社一起出来的,阿了也是和他一起坐出租车走的。不过,我觉得阿了是存心气许度,她在学校就了解段哲喜,她不会自投罗网的。不过,不能排除她不犯糊涂。我敢肯定,当天晚上,阿了可喝了不少酒,让女人喝酒,这是段哲喜比较擅长和开心的事。"

一个小时后,席克和花立军的谈话结束,他没有找到他想要的东西,他只好很客气地送花立军离开。

回去的路上,席克嘀咕说:"阿知说十点十分她听到阿了和人吵架,那时许度在海边,花立军也证实了这件事情,那么除了许度,十点十分,阿了还能和谁在那个地方吵架呢?""段哲喜。"子尚说,"因为九点半左右,阿了由于生气和段哲喜一起走的。"席克没有吭气,但是他已经决定去见这个段哲喜了。第二天,席克和子尚在志远海猫玩具厂的人力资源部约见了段哲喜。

段哲喜看上去是个色厉内荏的家伙,从见到席克和子尚起,就一直显得很不安,不断地扶眼镜,不断地搓手。手指很纤细,很白,很好看,在与席克和子尚谈话的过程中,接连上了两次厕所。这不像大家介绍的段哲喜,也不像一个有高干家庭背景的纨绔子弟。子尚这样想,嘴上说:"我们是来了解阿了情况的。"段哲喜笑了笑说:"我知道,所以我哪都没去。""你谈谈7月10号晚上的情况。""我就谈谈你们最感兴趣的吧。"席克倒是很赞赏对方这种务实与爽快,他点了点头。"我喜欢阿了,我这样说可以吗?"没有人理他。他就继续说:"在大学时就很喜欢,我和她所有的接触都充满了动机。但是,我终于发现,在她面前,我永远当不成猎手。你们说的 10 号晚上我约了她,我承认我动机不纯,但是她完全粉碎了我。最后我们握手言和,就在出门的时候,遇上了我的情敌许度,说他是我的情敌真是侮辱了我,但是,阿了帮他战胜了我。接下来,你们和我一样都会很失望,她上我的车,完全不是因为喜欢我,不是为了向我表示暧昧,而是为了让许度吃醋,是一种彻头彻尾的爱情计谋。于是,她在我沾沾自喜忘乎所以时,将我撵下了车,像随手掸去落在她肩头上的一片纸屑。就这样。""接着你去了哪里?"子尚问。"我去了菱角休闲殿,码头西口的。"说到这,段哲喜突然停了下来,他摘下自己的眼镜,在镜片边缘的部分抹了一下,又戴上,然后看着子尚说:"在那里……我嫖娼了。那个女人叫悠悠。我一直到第二天早晨六点才回家。"

子尚按照席克的要求,当即找到菱角休闲殿。段哲喜所说的完全属实,因为,段哲喜洗完澡进包厢首先要了按摩女,这是要计时的,工作单上写着十点二十四分。这个时候,他也不可能在和阿了吵架。

现在,与这个案件最近的两个主要人物都可以排除了:许度在阿了和别人吵架的时候,和花立军在一起,段哲喜则在休闲场所,那么十点十分阿了和谁吵架,又在什么地方吵架呢?席克脑子脱了轴地转,最后还是停了下来。恰在这时,李局长叫他过去。

到了局长办公室,席克把自己和子尚最近的工作进展向李局长做了汇报。当时,乌局长、刑警队长、旺口派出所所长都在,席克在汇报时,李局长一直就没吭气,等席克说完了,他说:"我对你怪异的破案方式不加评价,对你在这次破案中所犯的方向性错误也不再批评,由于你一意孤行,可以说贻误了战机,从现在起,你必须回到局党委的工作轨道上来。"席克有些云里雾里,子尚也是。李局长沉着脸,掷了一根烟给席克,然后说:"案犯已经浮出水面。"子尚很兴奋,"啊"了一声。席克则点他的烟,等满满地抽了一口,才端详着李局长,等他的下文。

昨天早上,旺口一个上早班的女工,走到旺口大堤和大桥连接点时看到了一个男人。这个男人长发,强壮,穿着雨衣,身后靠着一辆架子车,看见这个女工后,便把生殖器掏了出来。接到报案后,旺口派出所民警及时赶到现场,但犯罪嫌疑人已经逃走。旺口派出所民警采信了目击证人的供词,可以基本判定,这个人的特征和在旺口大堤两次作案的人基本吻合。

"所以我们认为,我们先前判定的破案方向没有错,"李局长说,"三次作案均属一人,这个人可能就是性变态狂。而且就住在这附近。你们现在的任务,是要迅速矫正一下思路,把目光聚焦到这个性变态身上。一是要安排警力在旺口大堤蹲点守候;二是要取得社区配合,分区排查;三是在网上继续搜查有性侵犯前科者和性变态者。很可惜,这几步工作都被你们耽误了。"在李局长部署任务时,负责刑侦工作的乌铜副局长、几个片区的刑警队长以及旺口派出所所长都做了坚决的表态,但是席克却默不作声。子尚见李局长脸上毒得跟砒霜一样,担心地看着席克。李局长一边给自己续水,一边阴沉着脸问:"欧阳,你还有什么不同意见吧?"显然,席克的反应让他很不高兴。烟蒂已经很长了,席克将它轻轻地弹落,然后说:"我想加强一下对阿了社会关系的调查。"李局长显得很不耐烦,他没好气地说:"有意见就保留吧,散会。"

大家都往外走了,李局长却叫住了席克,他说:"你每次都在藐视我的权威,让我嗯啊不得。你告诉我,我们到底是什么关系？"

"你是指挥长，我是狙击手。"席克诚恳而认真地说，"所以你需要的是高度，我需要的是细节。"

"哦，原来如此，这么说我只会大而化之，是不是？"

席克没说话，抽他的烟。"这一次，你就乱在这个细节上。"李局长用手指的一个弯度不停地点击着桌面说。"结果你自己走进了迷宫，还要把一大批人也带进去。市委有指示，必须在一个月内破案，我跟你玩不起你知道吗？"席克说："这不是违背真相的理由。""你的真相是什么？就是剑走偏锋吗？我告诉你，据外围调查，这个阿了是个相当轻浮和浪荡的女人，曾经在海南做过公关，身边有许多年轻的企业家。她和许度谈恋爱是可能的，但是，像她这样的女人，根本就不会在意恋人和情人的区别，一拖二，一拖三乃至一拖五都完全可能。你是有办案经验的人，这种女人你见得还少吗？当晚十点十分，除了许度和段哲喜，她完全有可能和另一个男人或者说是情人因为一些纠纷而吵嘴。这是其一；其二，你认为阿了死时身体很干净，从而否定是同一个犯罪嫌疑人作案，怀疑是熟人作案，这也不是唯一定律。当阿了见到去年那个犯罪嫌疑人后，我想第一个生理反应不是反抗，而是服从，因为去年夏天她领略过反抗的结果。这种顺从,会使现场安静许多。小剧院上演的那些闹剧就戏说过强奸这个事:能反抗就反抗,反抗不了就享受。这固然是笑话,但却强调了一种可能,展示了一种被强奸者的心理形态。"

"既然这样,那个家伙为什么还要杀死她?"席克问,"相反,去年夏天,他受到了阿了的剧烈反抗都没有起杀心,这里总要有理由。""是报复!"局长说,"去年那个事件发生后,你应该知道,我们下了多大的工夫在寻找这个罪犯,如此大的动静,我想不仅是警告和震慑了他,也激怒了他,别忘了,这是个性变态者。"

"尸检结果,阿了当晚并没有被强奸的痕迹。"

"强奸难道是一个性变态者要做的唯一功课吗?我说过,这更多是报复,最大的可能,在第一回合中就杀死了阿了。"

局长旁征博引,席克不再说话,但是在他的耳畔,局长的声音却越来越小,先是薄而轻盈地在天空悬浮着,然后渐渐地滑落到山谷,因为他开始在全神贯注地想着那个"熟人",他坚信杀死阿了的就是阿了的熟人,他对局长关于昨天早晨发现的那个家伙不屑一顾。

下午,刑警支队排出了值班表,席克和子尚在夜里九点到十一点这个时间段在桥下蹲坑。席克把值班表递给子尚说："晚上你去做单兵吧。"子尚说："我不是英雄警察，我一个人害怕。"席克说："露露今天回来吧，你去找她，我把即将浪费的时间送给你泡妞吧。"子尚很高兴，向席克做了那么多承诺，说什么下个月发津贴，要买小熊猫烟给师傅，又说什么，到年底他会到烟厂去，为席克批些内销烟，白皮子的那种。席克郑重地说："你写个凭据吧。"子尚不敢说了，笑呵呵地跑了。席克一个人去了旺口。

这样的天气很少能见到，阳光明媚，但的确是下雨了，许多孩子在街道上边跑边喊：海龙王不讲理，出着太阳下着雨。这个时候志远显得很好看，无数幢高楼一下子精神起来，兀地就挺拔到了天空，一个比一个高大，天空不再舒朗，一下子拥挤起来。

席克在海魂公墓找到了阿知，此时她一袭黑裙，正在给姐姐上香；没打雨伞，泪水和雨水混淆着，将她整个人痛苦地模糊着。阿了的墓碑不大，是一个普通人家的价位。但镶在墓碑上的照片很大，很清晰，很鲜艳，她甜甜的，美丽孤独得让人心碎。见是席克把伞举在自己的头上，阿知哭得更伤心了，她仰起那张撒满了雀斑的脸问席克："我没有姐姐了怎么办呀？"席克

132

知道说什么都是徒劳的，他没有回答阿知的话，而是邀请阿知到他的车上。

车窗关上后，车内立刻安静了许多，席克抬起头说："这次来，我想得到你的配合，你必须跟我说真话。"阿知用力地点了点头。席克说："有人说，阿了是个很放荡的女人！"阿知很吃惊，她瞪圆了眼睛，深刻地看着席克，当她确信这句话不会出自席克的嘴时，她说："不！这个是侮辱！卑鄙！""她在南方做过公关？""是的。她很快就回来了，因为她做不好公关，我这么说，我想你都能听明白。"席克觉得有些勉强，但是他觉得把自己的精力放在这上面有些无聊，他转而问："你姐姐在和许度谈恋爱的时候，有没有别的男人和她在一起？""我向天起誓，绝对没有。姐姐最大的缺点就是好吃、好玩、喜欢热闹、大大咧咧，所以引来许多误会，但是她心中的底线分明，如果她不愿意，谁也别想踏过来。谁都不知道，好像十分随便的姐姐，其实很封建。她对朝三暮四的男人蔑视而深恶痛绝。"

外面的雨越来越大，太阳突然没有了，四周显现出一种灰色的透明，车顶被众多的雨线穿击着，它们纷纷折断后便汇聚到一起，沿着车身披散而下。靠近阿知的窗玻璃上，无数条雨柱在扭动。阿知像是感冒

133

了,鼻音开始加重,她看着窗外那些墓碑,想着姐姐生前的样子,感慨万千,深深地叹了口气。席克把刚掐出来的烟放在自己鼻子下嗅了嗅,然后舔了一下,又放回了自己的口袋,他问:"许度送过东西给你姐吗?"阿知笑了笑:"没有,他很抠门的。他是山里人,钱这东西对他来说很重要。不过,我姐姐从不计较他这个,可是要换成我可能不行,我就是不喜欢抠门的男人。""你姐姐送过东西给许度吗?""没有。我想我姐姐没有。""你回忆一下。""不用回忆,真的没有。送东西给许度,这可是一件大事,姐姐一定会告诉我的。我和姐姐像是一个人,平时,连我们的感应都是一样的。"席克看了一下阿知,他发现,阿知的眼泪像车窗上的雨水一样密集。接下来他们又谈了十几分钟。看似很轻松的话题,实际上充满了心计,席克像一只别有用心的大蜘蛛,在简单的几个话题间,来来往往地编织了一张巨大而密集的网,但是他一无所获。他有点疲倦了,就提议送阿知回家。

阿知走后,席克开着车子沿着旺口大堤向前走,走到阿了出事的那个地方,他把车子停了下来。这时,雨下得更大了,席克点上一支烟默默地抽着。不一会儿,席克的视线里出现了一截涵管,这是旺口镇排涝用的,涵管上有许多泥巴,此时,在雨水的冲刷下,一点一点向下脱落,那些原先被泥巴盖上的部分便一层一层显现出来。这时,席克突然拉开车门,连伞都没打就向堤下走去。

席克走到了当初发现阿了尸体的地方,这里,一簇一簇的野草相当茂盛,它们足有半人高,用尖锐而细小的锯齿,将磅礴而下的雨削解成一片一片的雾气。向前走了不到十米,席克的眼睛忽然睁大了,他明显看见一截金属物从一团泥沙中渐渐地裸露开来,他兴奋地"啊"了一声,然后伸出两个瘦长的手指,慢慢地将那截金属物捏了起来。金属物在雨线的冲击和清扫下,很快就表达出了自己的概念:是一截断裂的表带。席克简直不敢相信这个发现,他妄想扩大新的战果,又在原地寻找起来,可是,半个小时后,他没有什么新的发现。回到车上,席克先抽了支烟,然后拨通了阿知的电话。"阿了喜欢戴手表吗? 戴过男人手表吗?""没有。至少有五年没见过她戴手表了,更没见过她戴男人手表。""你见过许度戴手表吗?""没有。他也从不戴手表。"接着,席克又问到段哲喜,阿知肯定地说,她也没看见过段戴过手表。

而当席克说自己还在旺口大堤上时,阿知不顾一切地跑了过来。席克和她见面后，就亮出了那截表带，但阿知说她从没见过，并告诉席克，在这个大堤上，有人还捡过手机和钱包，言下之意，捡个表带真算不上什么。席克有些迷惑和失望，当阿知要离开时，他喊住了她，他希望阿知能帮自己找一些阿了的生活照来，阿知答应了。

第二天上午，席克又被李局长喊到了办公室。办公室里的气氛凝重而压抑，李局长一脸的严肃，嘴上叼着烟，抱着胳膊，来来回回地遛着。席克悄无声息地坐在了一个远离李局长和乌局长的拐角。见席克来了，李局长也坐了下来，他告诉席克，"黑色之夏"系列残害女性案件又有了升级，昨天晚上十一点，在蓝港小区，一个上晚自习回家的高三女生又被一个骑摩托车的人在楼道里实施了强奸。据受害人描述，犯罪嫌疑人强壮、蒙面。李局长向席克介绍过案情后，将一面黑色锦旗拿了出来。"这是受害人家属送来的。"李局长展示给席克看："多么漂亮的一面锦旗呀，你谈谈感受！"席克瞄了一眼锦旗，上面写着：赠给人民放心，神勇大智的公安民警！

乌局长绕着自己的手指说："我和李局长找你来，是想和你再深谈一次。"接着，两个局长再次希望席克放弃自己的侦查思路，重新回到局党委确立的侦查轨道上来。但是，席克没有表态，李局长发火了，声称，如果席克再坚持己见，就让席克休长假，正在这时，席克的手机振动起来，有人发来信息，席克看了一眼，慢慢走了出去，然后快步上了自己的车子。见席克就这么走了，李局长和乌局长面面相觑，瞠目结舌。

信息是阿知发来的，她要求在海螺湾见席克。席克开车赶到海螺湾时，看见阿知蹲在美人鱼雕塑下面，见席克走来，她才站起来，满眼惶惑地看着席克。席克向四周看了看，发现不远处几棵高大的椰子树下有一组白色的座椅，他带头走过去。阿知跟在席克后面，一句话也不说，她的嘴唇苍白，显得很冷，手一直在抖。坐下后，席克问："你一定发现了你姐姐的秘密。这样就好办了。"阿知没吭声，她从皮包里慢慢拿出一张照片，这张照片是去年冬天阿了和许度、段哲喜以及玩具厂的几个员工在北戴河拍的，他们都很高兴，许度还跳了起来，也就是在他跳起来的时候，裸露出一截手腕，手腕上戴着一块表。"你怎么看这件事？"席克问阿知。阿知低着头，半天才说："我脑子很乱，很乱……""不，"席克说，"是很矛盾。你在惯性思维里挣扎，你一直相信许度和你姐姐的爱。这种信任根深蒂固，

137

不可动摇,从而使你不愿面对现实。""不,不,不管怎么说,我都不能做出这样的判断。我宁愿相信,他们的确在那里吵架了,但是,我想象不出来,他会杀我姐,他做不出来,我了解他,观察过他,他绝对做不出来,最为关键的是,他没有理由那么做,他凭什么那么做。不,绝不会是他……"席克掏出那截表带,他初步肯定,这个表带和照片上的表带是一样的。席克说:"你和别人说了吗?"阿知摇了摇头。席克说:"我们都向好的方面去想吧。但是,这里总归有一些问题需要澄清,所以,希望你就这个事情,暂时保密。包括许度。"阿知点了点头。

席克让技术科放大了这张照片的细节,最后的鉴定结果,许度手上的表带和席克在旺口大堤下捡到的表带完全一致。

"粗线条地来勾勒一下这个案件。当晚许度发现阿了和段哲喜从薪水茶社出来,十分震怒,他在晚些时候在旺口大堤追上了阿了,于是一场关于对爱忠诚与否的争吵开始了,气愤之下,许度摔了那块手表,接着,两人发生厮打,许度愤怒之中,杀了阿了。"

以上是席克回到自己办公室后,喊来子尚时说的话。子尚说:"这个勾勒有些粗糙,有些细节应该完善,

138

譬如,这块手表是阿了送给许度的,许度觉得阿了水性杨花,爱情受到了亵渎,于是要把这个爱的见证当谎言一样粉碎,阿了便喊道:你摔! 你摔! OK! 同意的请举手。"子尚说完,自己举起手来。席克没有吭声,他沉默了一会儿,突然说:"如果当晚十点十分许度果真和阿了在旺口大堤, 那么花立军就在说谎。""为什么不可以呢? 别忘了他们是大学同学,而且许度为他解过难。""可是人命关天呀。花立军敢在这个事情上为许度扛着? 我看他不像是这种人。"子尚不吭声了。而席克则在心里回答自己:这样的糊涂人和意气用事的人还少吗? 屋子里沉闷起来,席克的车被血型对比室借走了,席克建议子尚和他打的到海螺湾转转。子尚便站在路肩上,见到的车过来就挥动着胳膊,可是接连拦了几辆都没拦住,而子尚分明看见,的车里没有顾客,"这还得了。"子尚向席克喊道,"明明是车里没有顾客,为什么不停,这不是拒载吗? "席克也有些纳闷。这时,又有一辆的车开了过来,子尚举起警官证拦住了它。"这些车为什么拒载? "上车后,子尚问的哥。的哥说:"都在交接班呢。"子尚做恍然大悟状。席克则在想着的哥的这句话,当车子开出去两百多米后,他突然说:"去百姓汽车公司。"子尚疑惑,但见席克没做任何解释,他对司机说:"去百姓。"

在百姓汽车公司,他们得到了一个振奋人心的消息,从派车记录上得知,7月10号下午四点钟,花立军就向公司交了车,也就是说,7月10号晚上十点十分,花立军根本就不可能开着自己的出租车去海边接许度。这个消息使席克站在那里足足发了两分钟的呆,最后,他轻轻地吁了口气说:"我们很快就要见到真神了。把花立军找来吧。"

子尚接受了这个任务后,来到了博物馆门口,他打电话给花立军,说自己要到蓬莱山庄开会,单位的车全执行任务去了,想用一下他的车。花立军明显迟疑了一下,然后问:"你在哪?""博物馆。"对方没有回答,好像在听什么,子尚把手机对着街道。不一会儿花立军说:"可以。不过,要等一下,因为有一个客人也去蓬莱,约好去接他,连两百块包车费都定了。"子尚忙说:"我是公务,给两百八吧。"花立军马上热情得都要叫了起来,声称马上飞来。不到十分钟,花立军的车就像箭一样插在子尚面前,然后按照子尚的要求向前开去。

车子开到上海浦发银行志远分行,子尚开始在包里翻东西,翻了一会儿他说:"麻烦,丢了一份资料,老兄还得麻烦你跟我回局里一趟。"

"哦!"花立军这么说着,看着后视镜,他发现子尚还在翻找着,然后就提了车速。车子越过长春大街,花立军拿出手机,一边开车,一边发着短信,子尚说:"这很危险,你靠边再发吧。"可是花立军仍然坚持把短信发完。

车子很快就进了公安局大院,这时,花立军发现,有两个警察从大门一侧走了出来,然后一左一右围到自己的车子前。他们当中的一个走近车子后,弯下腰看着坐在车内有些发蒙的花立军,然后表情严肃地做了个手势,花立军回头看了看子尚,子尚说:"下去再说吧。"花立军舔了下干燥的嘴唇,打开了车门。

子尚直接把花立军带进了审讯室,席克早早就在那里等待了。见到席克,花立军的脸上明显掠过一阵惊慌,他仍然向席克敬了个军礼,但笑得很难看,然后在席克对面坐了下来。这时,一直跟在花立军身后的子尚碰了碰花立军说:"手机。"花立军迟疑地看了一眼子尚,还是把手机交了出来。"刚才给谁发信息?"子尚一边翻着花立军的手机一边问。花立军又舔了下自己干燥的嘴唇说:"一个朋友。""是许度吧?"花立军怔了一下,说:"是……他约我晚上吃饭的。"这时,子尚好像找到了那条信息,席克伸手要了过去,信息上说:"晚上我可能去不成了。"席克放下手机转身出去了。

子尚坐了下来,他用一嘴蹩脚的普通话说:"这里是志远市公安局审讯室,花立军,知道为什么叫你到这里来吗?"花立军傻了一般地看着子尚,半天竟然都没说话。子尚说:"这么危险的路,你想继续向前走吗?"花立军声音不大地说:"我……真的有些蒙……"子尚冷笑了一声说:"这种开场白和台词我听多了,结果都一样,没用。"花立军不吭声了,一副苦思冥想的样子,子尚则目不转睛地看着他,目光比花立军眼前的聚光灯还要热。"做伪证真的要判刑吗?"终于,花立军抬起头来,这么问。子尚舒了口气,他说:"你现在能做的就是把问题交代清楚,争取宽大处理。"

花立军低下了头。


四


在这个城市里并不悠闲,为了讨生计,每个人都得不断地下潜、追逐或者周旋。掐指一算,许度也有一个多月没和花立军联系了。这天赶上花立军轮班,许度一个电话就约上了他,两人在海心酒居要了一桶扎啤和几样烧烤,然后坐下来一杯杯地喝。

　　许度喝啤酒时花立军不时地看他,花立军觉得许度喝酒的速度很快,话也很少,接话时也不合适,这是异常,花立军不去问他,反正自己又渴又饿又累,这样的饭局也不需要自己掏钱夹子,只管陪许度耗余下来的一些时光。

　　对面海关大楼的钟刚到十点许度就喝多了,脸上糟红糟红的。花立军一把夺过许度那只去抓酒的手,说:"稍息!"许度竟然顺从地点了点头。花立军为许度点了一支烟,花立军知道许度不抽烟,但还是递了过去,许度只抽了一口,就趴在桌子上哭了。花立军早就习惯了许度这个熊样,多愁善感,是一个常为一片烂树叶而感慨半天的人,所以也不劝他。酒居里还有一些人,都向这边看,领班的一个小姐走了过来,两只手叠放在肚脐眼那,微微地弯着腰,小声地问:"先生,您的朋友需要什么帮助吗?"花立军对小姐说:"这个活你帮不了。"小姐微笑着说:"先生,您看我们正在做生意。您看……"花立军听懂了领班的意思,他说:"那就再来三扎,哭半个小时,怎么样?"小姐很无奈地笑了笑,走开了。许度不哭了,他斜着身子坐在那,泪眼婆娑地抽着烟,花立军从来没看过许度抽烟,但他今天发现许度的烟抽得相当老练，像是有十几年烟龄了。"什么事？"花立军揉了一下许度的肩，问。"没事。"许度苦笑了一下说，丢下手上的烟蒂。"我们走吧。""我要了扎啤，不喝可就浪费了。"花立军说，"你不会心疼吧，要不我付钱。"花立军这样说着，几个手指头在自己的衣袋上像老鸹子一样绕了两圈又飞了回去。许度把自己的钱夹子放到了桌子上，并向花立军面前推了推。这时，服务生已经将三大杯扎啤送上来了，"还需要什么吗？"服务生问。许度将一杯扎啤一饮而尽，然后重重地一挥手说："上。"说着，又一头趴在桌子上。花立军捏了一下许度的钱包，感觉了一下内容和分量，然后也说："上。"三大杯扎啤下了肚，又吃了许多烤海鲜，两人都被彻底地充满了，像两只气囊一样，摇摇晃晃地不稳定。花立军坐在那用筷子咚咚地捅牙，许度看见了就说："拜托呀，实在不想看你吃饭后捅牙的样子，走，我要离开。"花立军把筷子一丢，跑到外面要了一辆的士，然后把许度塞进车里。

的车在高低起伏的街道上跑了十几分钟，眼看就要到许度家了，许度却说："我要去海边，我要见它。"的哥见花立军没有反对，一打方向盘去了海边。

花立军和许度来到海边时，海风正急，两人在海风中立刻生动轻盈起来。花立军想吸烟,可是他点不上火,他把烟小心翼翼地收了起来,然后问:"因为阿了?"许度叹了口气。花立军说:"追不上是吗?"

许度两眼茫然地看着前方,大海像是一床在风中被扯来扯去的厚棉被,夜色被搅动得很差。花立军也叹了口气说:"也难怪,在这棵树下,你可守得太久了,就算是他妈的铁果也该熟了。"许度突然问:"你对处女怎么看?"花立军看着许度,坏坏地笑了,他觉得自己一下子就找到了许度苦恼的原因,"这么说我要祝贺你了?"花立军继续说,"你上了?你发现问题了?车况不好?"许度没有接花立军的话,他把身子向后一仰,靠在石崖上。花立军说:"就为这个苦恼?我告诉你吧,就今天,女孩十四岁以后就没有一个不是剩饭的。我上个礼拜还跟我女儿说呢,你到十八岁还能守身如玉,我就把自己在里山买的那套别墅送你当嫁妆了。"许度很吃惊,他愣愣地看着花立军,他没想到花立军能拿女儿说词。但花立军却很镇定,"这个时代没处女的。你难道还以为阿了是处女?天哪,一个二十五岁的女孩还会是处女,亏着你能想得出来。再者你也太小看人家阿了啦!你也不光荣呀!没人碰的女孩还算女孩吗!"他语重心长地说,"如果你因为这个苦恼,说明你落后时代真的是太久了,你上锈了,锈死了! 真要命! 我说走在你后面怎么老是能听到叮叮当当的声音呢,原来是你浑身上下一个劲地向下掉破螺丝。""不,"许度说,"阿了是纯洁的,这个我敢向天起誓!"许度说这些话时,不停地摇着头,显得很痛苦。花立军一下子迷惘了,他连连弹着自己的鼻子。许度叹了口气,他迷迷糊糊地看着花立军说:"我想跟你说件事,但你要保密,你发誓,你向大海发誓。"花立军说:"先说开。"许度不说,花立军想了一下说:"我发誓,做不到,出车忘买保险了。"许度看着花立军。花立军说:"你嫌不毒是吧?行,出门就直接奔大海了。"许度就把阿了7月10号晚上在旺口大堤被一个蒙面男人打劫的事情说了。花立军没想到出了这种事, 发蒙了半天。他说:"就是说,7月10号晚上你让我陪你去阿了家,就是这事?"许度点了点头。这时许度问:"花立军,在那种情况下,阿了能逃脱吗?""阿了是怎么跟你说的?她被强暴了吗?""她说没有……我相信。那个时候我毫不犹豫地就相信了。""嗯,你宁愿相信,因为你爱她,也因为自私,我是男人,我理解。"说完这些,两人都看着海,都不吭声了,过了会儿,许度问:"你说呢? "然后迫切而焦虑地看着花立军。花立军看着许度,显然在思忖和矛盾着,半天才说:"我的第一直觉……阿了逃不过的。"不知为什么,许度就是在等这句话的,花立军的话音刚落,他的心就一下子被抽空了,他狠狠地揪住自己的头发,身子向前倾,突然想跳海。花立军体会着许度的痛苦,他拍了拍许度的肩膀说:"许度,我的观点让你没法接受,我常想,一个女人被 N 个男人 K 一次和被一个男人 KN 次有什么区别呢?阿了的事我当初就跟你玩了个阴险。在大学,我比你了解她,无数个男人追求过她,而且她很随便,算是一辆很漂亮的公共汽车。"许度问:"你这么说,是为了让我同情她还是让我仇恨她?"花立军说:"我是想让你对女人的那点家产不要太在乎。做爱的形式有多种,强奸也是一种,最后,不管叫什么,不还是做爱吗?皮肉之交,那种事情就像把你的手指头放在别人嘴里,或者把别人的手指头放在你的嘴里一样。"

许度完全鄙视这个观点。

花立军还要说他的第二个观点:"许度,我认为,你当前头等重要的,是要像个男人,要宽容。你今天让我陪你来看海,算对了。男人就应像大海这样,泥沙兼容。我想那个晚上,阿了是这个世界上最恐惧最孤独的人,这种心理阴影没有三五年根本抹不尽,处理不好,就是精神分裂症。这个时候你要站出来,护着她,宠着她,不仅不能丢弃,而且要更加爱她。你要证明给她看,你是真的爱她,只要爱存在,他妈的什么都小,都要匍匐。如果是我,我会这么做的,这才叫爷们儿。还有,我问你,你到底爱的是她的人还是她的生殖器,如果是爱她的人,我就可以告诉你,那天晚上,就是菩萨也被强奸了,这分明就是一个苦瓜,你如果真是爱她,这个苦瓜你必须吃,否则,你就别在这说爱,说那些狗屁不如的话。"许度自豪地表白:"我在她出事后一直就是这么做的。"接着,他向花立军描述了自己在阿了出事后,为阿了做出的诸多牺牲和奉献。花立军说:"你这就对了。那你还痛苦什么呢?""我也不知道!"许度一脸无辜地说。

"实际上就是你心里那一点点贞操观在作怪。在这件事上,你这点想法很奇怪,很自私的。亏着你还是个当代人。"

"是的,好像又不是。"

"很可笑的。你说你要是这样,你又何必去阿了那里,你可知道,到今天为止,你一直在救阿了,一直就是他妈的超人。阿了一旦知道你是这么想她,你的所有努力等于白费,你的拯救等于是谋杀。行侠仗义并不容易,要修炼的,要能忍得了下地狱,入火海的罪!"

许度点了点头。花立军说:"你要感谢这件事情,它让你心想事成,并且会使你成为英雄。真到那个份上,我花立军对你都另眼相看。我崇拜过四个人,专诸、荆轲、聂政,这三个人都是春秋战国时期的大英雄,这不少一个人吗,那就是你!"许度能接受花立军的观点,他发现海一下子宽了不少。

### 五

"这以后你知道许度和阿了的关系怎么样了?"子尚问。花立军说:"我碰到过阿了的妹妹。""阿知。""没错。阿知告诉我,许度和阿了的感情非常好,快结婚了。""事实如此吗?""是的。幸福装不出来。我在百慕大超市遇见过阿了和许度,阿了笑容满面,你没看到你想象不出来,我看到我就想,这样的女人绝对是甜蜜的。我看见许度整个地搂着阿了,像一张幸福的饺子皮,这小子真的是艳福不浅。那时,满大街的人都在嫉妒他们呢。""可是,他们还是出事了,而且你是见证人,但是你作了假证。"花立军低下了头。

# 六

7月10号晚上十二点半，花立军接到了许度的电话，"你快来。"许度说，然后就挂了。花立军正在睡觉，他从"你快来"这三个字里能嗅到一种莫名的紧张和恐惧，他犹豫了一下，还是穿上衣服，连忙赶了过来。

敲开许度的家门时，迎面扑来一股苦涩而呛人的烟雾，许度站在烟雾缭绕的书房里像个饿鬼。他头发蓬乱，脸色铁青，光着上身，两条锁骨特别显眼。见许度把门扣上了，花立军严肃地说："我正在帮人修车挣外快呢，一晚上好几百呢，这时候你把我喊来，就等于从我身上抢钱……"许度坐在那不说话，花立军用手把眼前的烟雾扇开说："什么事？可别说你抢银行了。这个事算国家大事，你分给我多少我都不要，我这个人在钱上糊涂，但是对法律可不敢怠慢。"许度说："立军，帮我撒个谎！……无论谁问你，你都说今天晚上十点钟，你和我在一起。我们来确立一个地点，在海边，对，你就这么说。"花立军看了一下手机，上面已是第二天凌晨了，他稀里糊涂地说："没问题。""你要说像了……"花立军笑着问："是因为阿了吧？"许度蹲在地上，抱着头。"你肯定去泡妞了，最蠢的是被阿了盯上了。

呵呵，男人都是这样，我也是。她要理解呀，男人喜欢女人，就跟女人喜欢衣服一样，总觉得少一件。"许度摇了摇头，脸上转眼间又出了汗。花立军感到了蹊跷，有点紧张起来。"是不是阿了？"他关切地问。许度抬起头，看着花立军说："是公安局。"

有几秒钟，花立军完全是愣在那的，他说："别闹。你没犯事吧，你也能犯事？"许度睁着血红的眼看着花立军，断断续续地把自己在旺口大堤下掐死阿了的事说了。花立军完全傻了。"这个事，你不该叫我来。"老半天他才这么说，语气里充满了哆嗦和抱怨，眼睑下面有一块肉，连连跳动了好几次。许度"扑通"跪下："立军，救救我，一定要救救我。"他哀求，两只手向上举着，像是在哀求上帝。"不不不，这个事我捧不住呀。"花立军竟然后退了好几步。"哥，亲哥，你一定要救我，有人问你，你只要说晚上十点多和我在海边就可以了。求求你。"花立军摊开手说："这是做伪证呀，到后来，我得到牢里去陪你你知道吗？"许度爬起来，从枕头下拿出一个存折说："这里有五千块钱，你先用着。不够，我再往里加。"花立军先是斜着眼看了一下那张存折，等把那上面的一组数字都看齐了，然后推开说："你先别来这个，这事情要到最后才能说。她人呢？"

151

"还在大堤下。"

"浑蛋!"花立军说,"送医院呀!把人救活,这个事不就变回来了吗,天哪,快走。"许度又跪了下来,他哭着说:"没用了,我做过抢救,没用了,手全凉了……她真害人……"花立军好像被劈头砸了一砖,他紧紧抱着脑袋,"你去投案吧,真的。"他说,从指缝里看着许度:"一旦投案,性质就会发生变化的。"许度说:"不,我一旦投案,事情就说不清了,你知道,我什么背景都没有,我请不起律师,我也没有钱,我只有死路一条。"花立军仰天长啸:"许度,这回你要害死我了,做你的朋友太危险了。"

七

在滚装船码头,许度随着一群韩国学生向这边走来了。他穿的是工装,手里提着一个包,胸前的企业LOGO很明显。眼看许度就要从检票口走过,有人说:"许度!"许度吓了一跳,发现是席克后,他显得有些紧张。这时,席克旁边的另一个男人向许度出示了警官证,然后向前面做了个手势。许度看到,不远处有一辆警车停在那里。

他们在公安局多功能会议厅开始了交谈。席克说:"你收到了花立军的信息?"许度有些意外,但他很快就镇定下来,他说:"是的。我们原来有个约定。"席克有点尖刻地说:"有点像暗号!"许度看着面前这个尖嘴猴腮的家伙,感受到一阵阵的讽刺和压力。"这个你认识吗?"席克问,手里拿着一截表带,说话时向许度亮了一下。许度认真地看了看, 然后摇了摇头说:"不……我从不……我不认识。"

"你戴过手表吗?"

"戴过,几年前的事了。早就不戴了。我觉得很土!"

"你的表呢?"

"什么? 你说我的表吗? 早丢了,也不知道丢哪去了。"

"我觉得我们把它给找到了,这真有意思。"

"不可能。你真会说笑话。"

席克把许度和阿了在北戴河游玩时拍的那张照片拿了出来,并且拿出了一张通过电脑处理的放大的那截表带的照片,许度立刻淌汗了。"我在阿了被杀现场找到了这截表带,如果这截表带是你的,我们想听听你的解释。"席克说。许度恍惚地看着席克,突然说:"很滑稽!"席克点上烟,斜眼看着许度,他对许度这句

153

模棱两可的话一点都不感兴趣。许度说:"我的表带丢在那里，就代表我杀人了吗?""这么说你承认你把表带丢在了那里?"许度感到很懊恼，但是他只好点了点头。"关于表带丢在那里是不是杀人犯的问题，从理论上讲，你的解释我是能接受的。关键是,我们认为这截表带应该是7月10号晚上十点左右,也就是阿了被杀的那天晚上丢在那里的。"

"我已经说过，那天晚上我是受害人，我的爱情出了问题，我的女友就因为一点狗屁事不睬我了,去跟别人喝酒去了,当天晚上我们因为互相忌恨早早就分手了,你们为什么不去问那个家伙，段哲喜,他就是我的情敌,他带走了我的女友,他最知道7月10号晚上十点阿了和谁在一起,他心里绝对有数!"

"可惜,在爱情上他比你糟糕多了,可是你并不珍惜,你们在旺口大堤下吵得没完没了。"

"怎么可能。"许度不屑地说,"我从不相信警察会发癔症。"

"你们吵得很厉害,阿了说了很多话,其中有一句话绝对刺激了你,你先是摔了手表,然后在怒不可遏的情况下杀了她。"

"我摔表?摔了那块表?"许度不可思议地问,"你们

154

真的有想象力,你们破案全靠想象力不行吧?"

"是的。最终,我们还要借助一些证据,他们都是铁打的事实,谁也别想亵渎和逃脱。我们现在就开始。"

子尚拿出一支录音笔,播放了阿知和花立军的录音。在这两段录音里,阿知告诉席克,当天晚上十点十分,阿了打来了手机,手机里阿了在喊:"你摔!你摔!"听完录音后,许度流下了眼泪。席克说:"后悔了吧?"许度一副痛苦的样子:"是耻辱,我绝对没有想到,她一边和我谈恋爱,一边还和别人纠缠。这个可怕的女人。"

"这么说,这个和阿了吵架的男人不是你!"

"我真希望是我,那样阿了绝对不会死去,可是,那个时候我为什么要到海边去,我为什么没有去纠缠她,即使被她骂成是无赖、流氓又怎么样!十点十分啊,这个能让我痛苦一辈子的时间,它会像水银一样流淌在我的血液中……我活不长了……我真后悔……"

席克说:"还有让你更后悔的。"接着,席克播放了子尚审讯花立军的录音。在这段录音里花立军交代了自己为许度做伪证的经过。许度不再说话,他凶狠地看着那支录音笔,我们完全相信,如果他眼里会发射激光的话,这支录音笔顷刻间就会化为灰烬。

席克说:"我们依法搜查了你的房间,在你的房间里,我们找到了许多侦探小说,爱伦·坡的《莫格街谋杀案》、埃米尔·加博里奥的《勒鲁菊案件》、松本清张的《女人的代价》、柯南·道尔的《血字的研究》。从小票上看,这些书都是你在阿了出事后才买的。你真是太累了。我们不会按照作家的方式去破案的,谁都知道,人的作案动机往往很简单,有89%以上的凶杀案件都属于直线犯罪,所以,我破案的技术含量非常低。那些书迷惑了你,它们教给了你许多无用的东西,耽误了你投案的时间。"许度看了席克一眼,他脸色灰暗,满眼绝望。"有些话题可以放松一下大家的心情和节奏。"席克说,"这块表应该是你们爱情的见证吧?""是的。"许度用力地点了点头,我们看到有一柱泪水在他脸上短暂地停留一下就急速地滑落下来。

## 八

这块表是阿了送给许度的定情物,是阿了在一个春天买来送给许度的。阿了说过,不是所有的人都适合戴手表的,但是许度的手腕特别适合戴手表,很粗大,手表戴在那种手腕上就像是站在一个宽大的舞台上,让人安稳和放心,让人有成就感。随表送给许度的还有阿了本人。许度小心翼翼地精致地一层一层地揭露着阿了,当阿了修长丰盈的身体完全呈现在他的面前时,这个无用的家伙天旋地转,山崩地裂,几乎是像一根木棍笨拙地栽在阿了的身上,接着,他颤抖不已,完全不能动弹。这把阿了吓了一跳,她不顾一切地把许度搂在怀里,又掐又喊(这种方式,许度在阿了出事那天同样用过)。几乎死去的许度终于在一片花香和暧昧中醒来。接下来,他俩完全抛弃了自己,两个被爱情激荡不已的年轻人乱云飞渡,如胶似漆。作为见面礼,阿了隆重地奉献了自己,不折不扣地满足着许度。

这样的日子甜蜜而昏聩,许度每天都像一只完全脱水的葫芦,空泛地从设计室走到检验室,从检验室走到热绒车间,再依次走过揣工车间、检针车间……人们看到他脸色蜡黄,眼圈沦陷,嫉妒并幸灾乐祸着,因为,谁都不想让阿了嫁给工作在这样一个企业的男人,有人就发狠说,我要是开发区的那个老板,我就包了阿了,我一定要为这个女人倾家荡产。羡慕也好,嫉妒也好,这样的日子过得很快,不知不觉四个月就下去了。令我们高兴的是,许度的荒淫无度(花立军说的)和他的爱完全洗礼了那个事件,阿了像一只轻盈无比的蛾子,从那个阴影中破茧而出,她的笑声开朗起来,她笑时会露出一排又细又白又整洁的牙齿,那双大眼睛活力四射,照映着她那明朗如镜的心。可是有一天许度却突然发现自己快乐不起来了,他的心情像一只暴风雨来临前的蠓虫,潮湿着小小的翅膀,低低地飞着。实际上你想想就可以知道,许度的这种心情既有主宰也有来头,他和阿了之间的关系,早被他宗教化了,阿了痛苦绝望时他才会觉得自己是个品格高尚,臂力无穷的大英雄,当阿了快乐如初,他突然发现自己被架空了,自己的付出,自己在这件事情上的大度和宽厚,自己当初的誓言都失去了依托和意义。

他用一只手狠狠地抵着自己的太阳穴,手中吃力地夹着一支香烟,嘴上不停地说:"喊!喊!"我们谁也无法考证他嘴中发出这种声音到底有什么具体的意义,背后又隐藏着什么样的思想感情,但是我们可以感到,这个时候,确切地说,当阿了焕然一新的时候,他怅然若失,菲薄如纸,而当他听到阿了快乐的笑声如春燕一般穿行在他的耳鼓,他会更加狂躁和压抑。"为什么?为什么呢?"他问过自己,并勒令自己给出答案,但是他没有做到。最为糟糕的是,他一旦有了这种心情,就特别想让阿了到他那间小屋去,因为他迫切需要那种方式的爱。每每这个时候，只要许度打出"心情不好"的幌子，阿了都会赶来，然后按照他所想的给他。这样，许度的心情就会好很多，就会把刚才还抑郁得不得了的心情忘却得一干二净。可是，一旦当阿了离开自己，甚至阿了离去的背影还在他的视网膜上，他就故态复萌。这一天，他再次拨通了阿了的电话，"晚上你来吧。"他说。阿了回答他："不行呀！海潮乍起，我已在状况了。不行的。""不！"过了一会儿，许度完全不顾阿了的解释，竟然毫不讲理地说："我必须要。"阿了说："你很怪呀！怎么不听话了，你不知道这个时候是不行的吗？"可许度固执己见，阿了只好说，晚上有几个男工约了她，许度的目光立刻呆滞了。那时候，经常有男孩或者男人以各种理由来找阿了吃饭，阿了一般都是来者不拒，她真的是太喜欢玩了。这一点，恰恰是许度的烦恼，因为那时，许度也经常邀请阿了，但阿了却能敏感地发现，许度邀请她的意图过于明显，为此，她往往是拒绝的。"不许去。"许度冷冷地说，语意坚定，他想到了过去那些男人，想到自己的委屈，有点报复地说。阿了并不知道这句话充满了多么大的隐患，她说："你别调皮好不好，我答应别人了呀。"说完，阿了就关了手机。许度的心里"扑通"一声，他突然感觉到阿了真的把自己

159

抛弃了,在自己做出了重大牺牲后真的把自己丢在了一边。他坐在那愣了很久,耳朵里突然传来了阿了和那几个揣工喝酒嬉闹的声音,一种嫉妒立刻化为了愤慨,然后直冲头顶,他拨通了阿了的手机。"我想问你一件事。"他第一句话就这么说。当时阿了正在开心地大笑呢,听到许度的话,立刻戛然而止,她问:"什么事呀,你吓到我了!"许度冷笑着说:"我觉得你那天晚上被强暴了。"

阿了在那边久久没有回音,然后突然把手机挂了。

许度认为这就是一种默认,他痛苦,他嫉妒,他愤恨,他浑身疼挛不止,"该死的婊子。"他竟然这么骂。接着他又拨起了阿了的手机,他在拨手机时,手是抖的,以至于按键上发出凌乱的哒哒哒的声音。手机拨通了,他说:"我要知道真相。"阿了说:"呵!"这种语气词好像表示无奈,又好像是表示冷笑,许度正要问个究竟,阿了又把手机挂了。许度感觉阿了这样对待他,简直就是想让他疯,他又拨去了电话,可是阿了关机了。他满头大汗,呆呆地看着自己的手机,仿佛在看一块毫无生气的石头。他不知所措,痛悔没问阿了是在哪里吃饭的。他像一只被掐去脑袋的蜻蜓,在原地乱转,

160

最后,他又去了那家扎啤屋。

在那里有不少情侣,勾肩搭背,十分忘情,这引起了许度的伤感和痛苦,他不停地喝酒,不停地抽烟,他觉得阿了一定会来电话。大约过了一个小时,阿了打来了电话,"你什么意思?"她怒气冲冲。"你怎么突然提起那件事,你以为我要瞒你吗?当初,我一提到这件事,你就捂耳朵,总是把话题岔开,现在为什么又要问这件事?你什么意思?你直接说。"或许是阿了的坚决和坦诚震慑了他,或许是别的觉悟在起作用,许度竟然没有接话,"啪"的一声把手机给挂了。接下来,阿了再也没打来电话。

喝到十一点,许度晃来晃去地来到吧台埋单时,发现阿了站在门口,她斜挎着一个款式古怪的帆布包,瞪着自己,脸色通红,眼里沉浸着一种晶莹。许度一阵的感动和心痛,立刻不安和内疚起来,他走过去,一下就搀住了阿了,他感到阿了的眼泪转瞬间就滴落出来。

两人向街心走去。前面我好像隐约地提到过,志远市的街道起伏很大,如果能做出 3D 效果的话,你能看出,它大多数是曲线形的,一道浪一道浪地向前走,很跌宕。在这种街道上走,人会产生许多奇怪的心理。

"我知道你在想什么?"阿了终于说。"你……"许度突然捂住了阿了的嘴并且紧紧地拥住阿了,因为阿了的到来,使他突然感到了自己的卑鄙和无聊,心里隐隐地痛和后悔还有感激, 而阿了的泪水则不停地向外流,这让许度更加痛彻心扉,叫苦不迭。许度不愿意接阿了的话题,阿了也不想再说什么,他们回到许度的那间小屋后便火急火燎地做那种事,好像都要借此表达决心似的,把那种事情做得诚恳而激越,最后,两人都累得不行,就紧紧地拥在一起,如同两股烧红的火麻。

过了一会儿,阿了的眼睛开始空洞起来,她好像是看着天花板。此时,许度显得极度温柔,他看不过阿了这个样子,表示担忧地晃了晃阿了的胳膊。阿了看了一眼许度,苦涩地笑了一下,说:"你是不是觉得我很快乐?"许度惭愧、自责,闭上眼睛,轻轻吻了一下阿了。

"我不快乐!"阿了叹了口气说。她温柔地整理着许度的头发。许度的头发是黄的,因为阿了喜欢。"我心里一直就有阴影,有伤疤。那个晚上让我刻骨铭心,恐惧像蛇一样游动在我的血液,什么力量都不能将它们驱赶。"不用说,许度很想知道那个晚上的真相,但是当阿了提及时他立刻又十分惶恐和不安起来。他想回避,确切地说他不敢面对那个晚上,面对那个可能,特别是这个充满爱怜和感动的时候。可是阿了却推开了他遮挡自己嘴巴的手。"他打我,撞我的头。"阿了的眼泪这个时候一下子又涌现出来,"我那个时候才知道什么叫冷酷无情,他要置我于死地。"许度想到了那天去看阿了时的情形,他发现阿了的两个膝盖是烂的,有深深的擦痕。"他让我跪下,"阿了说,声音越来越低,但是人却越来越激动,好像许度就是那个人,她不自觉地将自己的身子向外闪。"我说,不能站着吗?他不同意,用手掐我。他的两个手指真的太硬,像两只钢钩……我不能喘气,血向头上涌,我感觉我的血就要从我的眼里喷射出来。"许度万箭钻心,他再也不允许阿了说了,死死地捂住阿了的嘴。

下半夜,阿了睡熟了,说了一些模棱两可的梦话;有几次打痉了,叫了一声,又睡了下去,然后死死地抱着许度的胳膊。许度一夜也没睡,阿了走后,他就反复想阿了的话。让她跪下干什么?"我说不能站着吗?"这是什么意思? 许度一拍自己的脑门,几乎在一秒钟内就大彻大悟了:那个男人是要强奸阿了的,阿了想站着让他做,但是,那个家伙觉得会很不舒服,希望从后面和阿了做,所以才让阿了跪下。

许度对自己的判断做了肯定,他浑身颤抖,他想立刻证实自己的想法,但是他突然想到阿了那张痛楚的脸,想到阿了的眼泪,他深深地叹了口气,把一切都咽了回去,而整个人却像把上百斤的乱麻强行地塞进了一只小药瓶里,被严重地挤压着,堵塞着,鼓胀着。他不停地换气,一副严重缺氧的样子,直到第二天才平息下来。

这个礼拜,许度对阿了备加关心,每天的盒饭都是许度亲自去打,然后送到车间,他不想再含蓄,他希望大家知道他们的关系,他认为这样可以缓解自己的压力,也可以让阿了尽快忘掉一个礼拜前自己给她带来的不快。19号,阿了和公司的几位检验员去山东百爱玩具厂学习,去的队伍中有男有女,阿了就不停地安慰许度,不停地向许度表白:"你看,我现在已经改了多少,你不高兴的,我全改了,不和他们开玩笑,不和他们跳舞,即使是一起吃饭,也很快就回到你的身边。"许度想到过去一个清高得只可仰视的女孩,今天为了照顾他许度的心情,如此迁就和承诺,真是让他感到无比的自豪和幸福。要走的前一天,阿了主动约了许度,两人在那张床上把所有的力气都用完了,其间,阿了十分地卖力,许度则像是一张煎饼,热热地软

164

软地亲切地粘贴在阿了的身上,这种爱情方式,的确能软化思想中最为狭隘和最为尖锐的部分,它使许度根本就来不及去想那个晚上,去考虑那些让他因为嫉妒、愤怒、埋怨而心痛的事,他乐在其中,一度麻醉。

阿了离开志远的两天里,许度不尽地思念,只要有时间就会打去电话。两人在电话里,甜言蜜语,放荡不羁,快乐无穷,许多语言都充满了强烈的性感觉,时光被他们细分后尽情地吮吸和吸收,一秒钟也没有浪费。可是这种坚持并没有多久,那天,许度和几个设计师去老城头看货,经过旺口时,许度看到了那条旺口大堤。在他看见旺口大堤的一刹那,那条大堤突然变成了一条阴毒的蛇,在他的心口狠狠地蜇了一下,他浑身一阵痉挛,心情立刻像只没有放好的瓶子,突然落地打碎了。到了中午,这种心情日益强烈,那截坐在车上看去并不算太长的大堤,像一条木棍抽打着他的心,而那拐弯处就是阿了出事的地方,像是棍上的一个钩子,在这条棍子棒击自己的时候,也在不断地撕扯着自己。最为厉害的是,他剧烈地头痛,于是,一种无可名状的恨,一种发自内心的同样无可名状的痛苦,让他几乎失去了理智。中午,他没有去食堂打饭,而是蜷缩在自己的设计室里,打通了阿了的手机。手机打通以后，他先是说了一番诸如阿了"吃饭了没有？"之类的客套话（这种情况下，他还能装样，真叫人感到多余），然后问："晚上你不能单独出来呀！"千里之外的阿了当然是感激得不行："宝贝，这话你说过多少次了，怎么可能呢。""阿了……"许度紧张得要命，他喘了口气，接着说："你知道吗？我现在最大的想法，就是杀死那个人，可是我不知道他是谁。"阿了显然没有想到许度会突然提到这个事，她缄默了一会儿，叹了口气，然后极其轻柔地说："宝贝，不要再想这件事了。"可是许度显然不想就此罢休，他把自己的两条腿高高地跷在桌子上："阿了……这么长时间了，难道一点线索也没有吗？""没有。他们没有找到什么线索，他们那天只是要走了我的短裤，然后再也没有下文。"短裤？许度心里一紧，忙将自己的两条腿从桌子上搬了下来。"你刚才说什么？"他问，"你说短裤？他们拿走了你的短裤？""是的。"阿了说，"他们说送去鉴定。""为什么要你的短裤？""可能是为了查找指纹吧。"许度不问了，愣愣地看着窗外。阿了则在手机里呼唤他："你怎么了？"许度忙说："哦，来人了。"阿了忙丢了电话，而许度抱着自己的双膝，在藤椅上一直发呆到设计室来人。

下午,许度没和任何人说过一句话,他心不在焉,魂不守舍,头脑被一些模糊不清的影像交织着,纠缠着,乱成一团。下班后,他直接回到自己的小屋,先躺了下来,然后一下子就感到自己生病了。这期间,阿了从山东打来了几遍电话,他都没有接,他觉得自己还没有把思绪理清楚,还有许多问题需要甄别。他反复想着阿了的话,把阿了的话一个词一个词地排列,一个字一个字地拆解,一个逗号都不放过。当天空完全黑下来的时候,他的想象力突然像闪电一样的迅速和奇特起来:

　　那个男人先是不断地放肆地抚摩着阿了的乳房,接着一点一点地从容地去抚摸阿了的全身。阿了不敢动,因为她吓得半死,浑身痉挛,体若筛糠。这是对淫恶者最大的鼓舞。于是,那个男人,那只肮脏无比的手更加放肆,更深入。阿了不敢动,有几次,她简直就站不住,身体可怜地摇晃着,那男人便掐紧她的脖子,阿了只能强打精神,牢牢地站着,任那个男人猥亵和轻浮,尽管,这一点是阿了最为忌讳的,阿了就不准许度用手碰她的下身,因为一向奢爱整洁和干净的她怕感染,怕细菌,在如何卫生方面,讲究多多。但是现在一切都改变了,她是那么地顺从,对这个男人听之任之。

167

这个可恶的家伙被阿了的顺从强烈地刺激着,他公然提出要和阿了做爱,当然,他的表达会很民间化,很口语化,很难听,阿了都听懂了,她不停地点头,她只希望他能快点,快点做完他要做的事,快点而充分地满足,然后带着一种对生理的厌倦感把自己放生。这个男人被阿了的这种默许激得快要发疯了,他一把搂过阿了,不断地吻她,吻遍她的全身。阿了是不喜欢许度这样吻她的,她不喜欢别人嘴里那种烤瓷味,但是今天她全部接受,而且默默地配合,并且主动伸出自己的舌头。这个男人终于拉掉了她的短裤,然后突然转到她的后面,向前推她,见阿了不动,他命令她跪下,这个可恶的家伙就是喜欢从后面折磨女人。地下很硬,阿了跟这个男人商议:"我们站着吧,站着也行的。"阿了为了她的生命,就这样可耻地建议,而这种体验许度没有过,阿了在这方面俨然是一个比较喜欢安静的女孩,她每次做爱,都希望许度按照传统的方式进行,但是这天她真的很有创意,她主动提出来和一个十恶不赦的家伙站着媾和。但是,这个男人毫不领情,尽管阿了已经遭到毒打,但是看上去还是那么惊艳,这个可恶的男人,觉得无论如何也要完全进入这个美女的身体。阿了没有做任何抵抗,哪怕是骂一声也可以让人

168

感觉到她的贞操,但是她没有,她完全顺从地像一条被压迫的母狗把自己的身子向前趴去,然后为了保持这个姿态,她用自己的两只手,用力地支撑着干枯的地面。那个男人从阿了的身后看清了阿了的下体,一片殷实的黑中,渲染着朦胧而可以想象成形的红。他发狂了,用手握紧了阿了舒展的腰肢……"啊——"许度大声叫着,将身边的台灯摔得粉碎,他紧紧揪着自己的头发,不停地摇着头,大口大口地喘着气,直到脸色苍白,大汗淋漓。

半个小时后,许度渐渐平息下来,他拨通了阿了的手机。阿了正在和一同事说话,他坚持要阿了到一边和自己说话,他问:"阿了,你觉得我爱你吗?"阿了已经走到了另一间屋里,她把门掩上说:"宝贝,又怎么啦?"许度叹了口气说:"我还在恨,想杀了那个家伙!""宝贝!"阿了吻着她的手机。许度说:"如果你认为我是爱你的,你能跟我说实话吗?""说吧宝贝!""那天,你的短裤上有精液吗?"阿了愣了一下,然后说:"你想到哪去了。怎么可能呢。他……不行……"许度痛苦地直摇头。不管自己的想象多么逼真,但是那毕竟是想象,但是阿了却向自己展现了一个事实,也就是说,那个男人的确掀开了阿了的裙子,然后用自己的生殖器接触了阿了。他恨阿了,因为,他希望阿了能斩钉截铁地否定那个男人对她的强奸,更希望阿了能歇斯底里地吼叫:"没有!没有!绝对没有。"声音越大越好,这个时候,他会相信的,他宁愿相信,所以他绝对会相信的,可是,现在阿了就这么愚蠢地不知好歹地描述了那个男人猥亵她的过程……他极力地控制着自己,他问:"他是怎么放过你的?""他自己走的。"许度不再问,慢慢地放下手机。阿了在那边好像叙述自己如何反抗,如何被打的过程,但是他一句也没听清楚。

阿了是27号回来的,离开许度整整一个礼拜,实际上,她应该和她的同事在青岛待得更长,但是她还是回来了,因为,她突然接不到许度电话了。

阿了找不到许度了。许度是外乡人,这个城市没有他的亲戚,于是阿了到设计室打听许度的下落。同事告诉她,许度去北戴河出差了,而且这趟差是许度主动要去的,而阿了清楚地记得,离开志远前,许度曾亲口跟她说,他会像一棵树等候在家里,他要守株待兔。阿了反复推理着这里的变数,最后预感到了什么,出了设计室她就哭了。她再次拨通了许度的手机,但仍然关机。她发去信息:树吗? 兔子来了,快死了,是急死的。她找不到树! 当阿了在志远度日如年时,许度在

170

北戴河则如坐针毡。北戴河的夏日异常美丽，每一个角落都可以装帧入画，但对于许度来说，这些风景毫无生气，也没有意义，坐在海边，他几度想纵身一跳。他觉得这个时候死去会有一种通达的快感，而且唯有死才可以一了百了。他觉得自己这个想法很高明，就打电话给花立军。花立军说："到北戴河自杀还是很方便的。既不扰民，也很环保。我知道北戴河的楼层不高，我建议你可以选一个峭立、挺拔、人迹罕至的海岩，然后纵身一跃。"许度痛苦而诚恳地说："我真想死，我真想死，为什么？为什么？你能不能看到，我脑袋越来越大，越来越离奇，像飞艇。"花立军索性把出租车停在一边，他跟许度说："人说死得其所，你倒好，临死却不知道为什么。知道为什么吗？就一个字，就一个狗屁不如的字，爱！这个'爱'字，让无数人回头是岸，又让无数人万劫不复。我单跟你说前者，你用心想想，你不爱她你还会这么难受吗？你现在难受吧？心里装了一万条虫子，这些个虫子没有别的好姓，就姓爱，一点没错。"许度不停地摇着头，但这绝不是否定花立军的话。"许度呀，北戴河我去过，那是一个能让人坐地成仙的地方，我劝你犯一次病，找个人多的地方，面向大海喊几嗓子，这个主意不错，你可以试试。""还有别的方法吗?""你他妈不是东西,老是惦记谁动了你的奶酪,我看你就去嫖几个小姐吧,哎,还真的不错。你嫖她们时可以玩一些高雅的游戏,譬如把她们给绑了,然后高喊几声吓晕她们,然后再实施强奸式的做爱,我敢肯定,你心理保证会平衡起来。不过你如果钱带得不够可别问我借,我这几天赔死了!"

"我还是选择前者吧。"许度说,然后一口气跑到离大海只有三米远的地方,脱去上衣,一边拼命舞动,一边高喊:"啊——啊——"

海风强劲轰动,几嗓子喊下来,许度感到心窍渐次舒张,阴霾松动漂移,负荷分崩离析。大海突然崛起,几丈高的浪头,带着巨大的黑影,翻卷而下,其浩瀚和狂飙一下子就把人归零了。面对着磅礴而宽阔的海面,许度突然感到了自己的好笑,感到了自己的狭隘和恶劣,他扪心自问,她能有什么办法? 她要么选择抵抗致死,要么选择保存生命。过了一会儿,他觉得自己压不住自己的理论和诘问,便接着给自己施加压力:如果阿了是自己的亲妹妹,自己会让她怎么做? 难道自己会让自己的妹妹为了保全自己那个什么贞操抵抗到死吗?想到这里,他的眼前立刻闪现出阿了遍体鳞伤的形象,她睁着恐惧的眼睛,用自己的头盔狠狠地却是无力地砸着那个男人,那个男人狠狠地扇她的耳光,向地下撞击她的头,然后向大堤下拖,阿了拼命地抱着涵管,哭着,一点声音都没有地哭着……

许度一下子跪在地下,痛苦撕扯和咀嚼着他的心肺,他紧紧地揪着自己的胸襟,放声大哭,然后不断地扇自己的耳光,骂自己可耻、冷酷、自私、无情、没有道义、心胸狭隘、缺乏同情心,连畜生也不如。哭了一会儿,骂了一会儿,许度打开了自己的手机,手机刚打开,一个电话就打了进来,正是阿了,他忙按下应答键,对方没有出声,他自己竟然也没敢说话,连一个"喂"字都没有发出去。此时许度看不见千里之外的眼泪,阿了拿手机的手抖个不停,眼泪像瀑布一样急骤而下,密集而持续,她语调平静地问:"你死了吗?我快死了!"说完这句话,便关了手机。接着,许度翻阅了一下手机,有200多个电话记录,除了有两个是大哥从老家打来的,其他198个电话全是阿了的。其中还有43条短信:

——你在哪里? 可怜可怜我,我找不到你活不下去的。

——你在哪里? 为什么躲着我,回来吧,有什么问题我们一起商量。

173

——宝贝,我爱你,看在爱的份上收回你的残忍和麻木,我真的快不行了。

——阿度,我找你找得苦呀,我找遍了大街小巷,去了无数家扎啤屋,我想你呀,你能看到我在哭吗? 你就忍心我站在大街上哭吗?

——许度,看到信息立刻回,阿知说,我脸上有死人的气色,你不能让我在死前看不见你。

——我在听歌,《怎么会狠心伤害我》,你听:怎么会狠心离开我,这一切到底为什么? 怎么会狠心伤害我,可怜我爱你那么多⋯⋯

——我知道,我们的爱情注定要被打折,注定要艰难无比,但我坚信它的永恒,因为我是认真的,我首先会爱到底。你回来后立刻给我打电话,我一切都为你准备好了。

…………

四十三条信息,没有一条是责备,是怒怨,只有深深的思念、不尽的牵挂和爱的倾诉和表白。阿了的这些信息让许度彻底崩溃,在返程的路上,他在手机里调出那首名叫《怎么会狠心伤害我》的流行歌曲,反复地听,多次掩面而泣。他给阿了发去信息,告诉她自己到家的时间、地点:阿了,我的爱人,我回来了,你亲自把我领回家吧,我迷途了,当我知道你是那么宝贵后,那么纯洁后……当然,许度在心潮澎湃、情绪亢奋的时候还指天发誓,他要在志远市火车站广场和阿了浪漫约定,他要当着来自全国各地旅客的面高喊:"我爱你!"就是在这样的期盼、承诺和誓言中,火车互相扯动着,徐徐停靠在志远火车站,见玻璃雨篷飞了过来,许度立刻压低身姿,睁着眼睛,通过宽大的车窗去看站台。

站台上熙熙攘攘,人声鼎沸,激情使许度产生着妄想:此时,迫不及待的阿了会提前到站台等他,一眼看见自己后,便像一只蝴蝶,飞舞而来,然后扑进自己的怀中大哭不已,委屈得简直就像一个不谙世事的小女孩。如果是这样,他就提前举行仪式(前面我说过,许度是准备在火车站广场拥抱阿了的),他会把阿了高高地抱起来,旋转几圈后向摩肩接踵的人流高喊:阿了,我爱你!但是,站台上并没有阿了,出站口也没有,那些拿着旗子或举着牌子的都是旅行社和附近宾馆的人,他们叫唤得很凶,见谁喊谁,张牙舞爪,好像要把旅客撕开似的。许度只好来到广场,这可是他们约定的最后见面地点,可是两个小时了,也没见到阿了,他连忙拨通阿了的手机,但是阿了已经关机。又过了

175

一个小时,许度失望地看着广场,广场像是被海啸侵袭了,刚才还人头攒动,这会儿人影如钉,干净而嘹亮。许度的心空空的,他收拾起自己的包裹,拖着疲惫的身子决定回到他那个家。

接下来又是三天,这三天,阿了的手机仍然处于关机状态,公司里也不见阿了的身影,坚忍着的许度终于感到自己要疯了,他请了半天假,从下午两点起就赶到了公路桥下,他决定在那里死等。

他等到了阿了,可是骑着车子的阿了却看也没看他,"嗡"的一声就过去了。许度连忙上车,一加油门,撵了上去。眼看就要撵上阿了了,阿了突然歇斯底里地大喊起来:"滚开,不要在我后面骑车,不要在我后面骑车。"许度猛然想起了阿了的话。自从阿了在旺口大堤被打劫过后,她一听到身后有摩托车就会惊恐不安,就想大声尖叫。许度忙把车子停了下来,然后一阵狂奔去追阿了。刚跑了不到二十米,脚下突然一折,整个人改变了方向,头冲着大堤翻了下去。阿了显然从后视镜中看见了这一幕,她把车子停下来,但仅仅停留了几秒钟,又骑走了。

许度摔得不轻,他检查和感觉了一下自己的重要器官,都好用,便从大堤下面爬上来,一瘸一拐回到自己的车子旁。接下来,他每隔一分钟就给阿了发一条信息。凌晨两点多钟,阿了的妹妹阿知打来了电话,她说:"你必须立刻回去,我讨厌死缠烂打的男人,恶心!"许度说:"你……"阿知把手机关了。

许度从北戴河回来时,阿了去了火车站,之前,阿知将她关在了房间,劈头盖脸地教训姐姐:"朝三暮四,出尔反尔,你还没感觉到这个人很变态吗?他脑子里整天就那点事,我告诉你,别听他说他很开放,事实证明,他很在乎你的过去,他根本就放不下,扔不掉。男人个个装样,一碰到这事马上就龌龊,马上就变成了狭隘的小男人。我们为什么要这样迁就他?你迁就他的结果就是让他对你得寸进尺!我在这件事上不能不出山了,这个家伙需要冷静而不是纵容。你做好思想准备吧,分手,看你这个棉花糖样,分手就是救命!不信你等着。"

但是,思念这东西会让恋爱中的人失去意志和不知所措,阿了还是跳窗走了。在火车站,她远远地看着许度,目睹着这个被爱情折磨得憔悴而虚弱的男人,她想冲过去,但是她还是停了下来,她说:"许度,我知道你在想什么,你一直就在琢磨那个晚上,你和那些庸俗的人没有两样,你就是觉得我被强奸了。他们是

177

可以庸俗的,而你不能,你是爱我的,这些天你也知道,我是多么地爱你,你怎么能这样去想我,不原谅我。"正是这些充满着诘问的心里话, 再次激起了她的愤慨,她任性起来,愤然离开了车站。

此时,已经是第二天凌晨四点,阿知说:"姐,睡会儿吧,赖猴已经回去了。"阿了叹了口气。阿知说:"被你闹死了知道吗? 我说过他已经走了,你以为他会带蚊帐呀! "阿了竟然坐了起来。阿知把姐姐按倒说:"我同意了还不行吗? 明天你去宽恕他吧。不过,你可要注意节奏和方式,别让这小子感到你投降得太快了点。"

早晨六点,阿了还是起床了,她快而有条不紊地将自己打扮了一番,然后出门往城里赶。当她骑着车子来到大桥下的时候,她傻了,她分明看见,许度斜靠在车子旁,正向这边看呢,很显然,这个人真的在这等了一夜。阿了心头一热,整个人立刻软了,但是,最后她还是一低头,把车子骑了过去。

车子骑出去快有一公里了, 也没见有人撵上来,阿了把车子停了下来,然后打开了手机。阿了的手机刚打开,许度的电话就来了,阿了犹豫了一下,按下了应答键。许度说:"我爱你! ""谎言! "阿了说。多少天来,许度终于听到阿了说话了。站在桥面上的阿了泪水满面:"我知道你在想什么? 我不是以前的阿了了,我贬值了。你应该知道我说这句话的意思,所以你可以抛弃我了,藐视我了。在你的心里,我罪责深重,不可饶恕,我让你痛苦万分,你应该远离我,你做得多好,我看还不够完美,请继续。许度你听着,我不想连累你,不想让你为人言所困,我走,我选择离开不行吗? "许度叹了口气说:"既然你这么坚定,我什么也不想辩解,不过,我有一件东西得给你,你收下后,我就走,你等我。"阿了听许度把手机关了,也把手机装进包里。她发动了车子,但想了一下,又熄火了。

许度很快就到了,他把车子停稳后,走到阿了跟前,然后"扑通"一声跪了下来。"起来! "阿了喊,"你要给我什么东西! "许度仰着脸看着阿了,指了下自己的膝盖说:"就这东西。"阿了看着疲惫不堪,满脸憔悴的许度,一言不发,突然有泪水从她的眼里荡漾出来,她挥手擦去,然后骑车走了。快到城区的时候,阿了把车子停了下来,迟疑了一会儿后,她把车子调了个头,向回骑。阿了回到桥面上时,她发现许度还跪在那里。来往的车辆很多,许多司机感到好奇,把头从车窗里伸出来,兴致勃勃地观看。阿了的眼泪再次潸然而下,她把车子慢慢骑到许度跟前,然后向许度伸过手去。

这个晚上属于苦大仇深的恋人,阿了和许度赤条条地搂抱在一起,一时也不能舍弃。"你还爱我吗?"阿了问许度,一脸的担忧和迷惑。

"我爱你。"许度说,很后悔,很感动,很真诚,很坚定。

"能爱多久?"

"是永远的爱!"

"你是不是希望我向你发毒誓!"

"不需要,我不是孩子。"

"我以下说的每句话如果有假将不得好死。"

"你别这样,不好!"

"你让我能怎么办?我知道诅咒发誓不顶用,但是可以让心站出来。"

"不要发誓,人说越是相爱,诅咒就越可能兑现。"

"这就太好了。我一定要发这个毒誓。"

"不要这样,我爱你!我已经说得太多了!"

"那天晚上我真的没被强暴。"

"相信,我全相信。"

"我用摩托车的帽子狠狠地打他。"

"我知道,你把帽子都砸烂了。"

"他是怕大堤上有人过来才走的。"

"我相信,不要再说了。那个堤上总是人来人往。"

"不,我一定要说,今晚我们一定要说清楚。"

"不要说了,我相信,我以后再提这个事,我就死!"许度说,不停地扇自己的耳光。阿了拼命阻挡着许度。许度说:"宝贝,你听我说,爱就是爱,爱必须要承担,要有骨骼,那天晚上别说你那么幸运,你就是被强暴了,我都没有任何理由去怪你,我不能去责备一个弱者,一个受害者,尤其不能去责备一个我深爱着的人,宝贝,我什么都不在乎,没有什么比你活着更重要,更有意义。宝贝,想到你……我真想再哭一次……"说到这,一种义气、豪情和不尽的忏悔涌上许度的胸口,他深度哽咽着,像喘不过气来,然后泪水从他的脸和阿了的额头之间挤了过来。阿了忙用手去摸许度的眼,她吃惊地发现,许度的眼里像有一孔充沛而旺盛的泉,这使她的手一下子被湿透了。阿了备加感动,也流下了热泪,她不断地吻着许度。"宝贝,"她说,"谢谢你,谢谢你,不要这样,来吧,来吧,我要你发疯,我要你发疯……"

在做爱这方面,性格内向的许度向来工于心计,今天,他机关算尽,花样迭出,最后骑在阿了身上,像一只中箭的野猪,不断地癫狂着,号叫着。这把阿了吓得半死,这种景象自从和许度有了这种关系后,她见怪不怪,但是今天的情形还是让她担心,她真怕许度会因此送命,但是我们可怜的阿了死都不会想到,在她身上疯狂的许度三番五次地竟然想到了什么,他还是想到了那个夜晚,想到了那个男人从后面强奸阿了的情形,此时,他有仇恨,更充满了性欲,他和着想象中那个男人强奸阿了的情形、节奏,疯牛一般地狂驰着……

当一切都平息了,许度陷入了深思,然后搂着阿了像孩子一样哭了。疲惫的阿了动情地抚摩着怀中这个敏感而多情的男人,不断地吻他,然后轻声地说:"我们结婚吧。"阿了的眼前闪过两块不断活动的板子,她想,我们结婚了,这两块板子就会被牢牢地固定下来了。许度显得有些激动,又有些尴尬,他说:"你要允许我准备一些时间。"阿了叹了口气说:"我还需要你什么呢?有你就够了。"他们紧紧搂在一起。

和别人想象的不一样,阿了没有什么积蓄。所有的人都会这么想,如今的女孩,当然是指那些有绝色的女孩,很少见到愿意荒芜自己的,她们一定会充分利用和开掘,将自己的资源利用到极致。像阿了这样的美人胚子,又是在二十四五岁的光景,熟透而馥郁的气息定会招来无数的猎艳高手，手上没有几十万那就不对，连那个小镇子上的人见到阿了的母亲都会放肆地说："你家阿了是人精一个，不会少钱的。"但是，阿了的确没有钱，也许她不善经营，也许她没找到一些开发的机会，也许招商的标的过高，反正她没有钱。她和父母谈到自己和许度的婚事时显得有点尴尬，她觉得自己工作这么多年了，好像在这件事上不应该再让父母投资。可是父亲却很高兴，阿了出事后，关于阿了的婚事他一直就这么担心着，现在，阿了竟然谈到了婚姻大事，这出乎他的意料，这至少说明，阿了开始走出了自己，有了明天，而这一点是做父亲的关键，是他忐忑不安之所在。他认真地兴致勃勃地听取了阿了关于许度目前经济状况和家庭状况的报告，然后一口答应，在城里买一套房，其他的陪嫁任阿了选。父亲是远近闻名的暴发户和吝啬鬼，这种决定让母亲都吓了一跳。阿了更是兴奋难抑，她当即就把这个消息告诉了许度。人的道义感原来是极为脆弱的，许度听到这个消息，兴奋得久久说不出话来，他跟阿了说："呵，呵……"接下来，阿了和阿知就如何举办未来的婚事商量了两天之多。姐妹二人飞蝗一般，来往于全市各大商场和家具店，常常为选一样东西吵得不可开交。吵到最激烈时，阿了会失口说："是我结婚又不是你结婚。"阿知便会大声叫唤："是你结婚也不行，这东西我就要看得舒服。"你看，生活真的就这样好起来了，为此这种吵吵闹闹的，也很让我们欣慰和幸福。

阿了在积极操办婚事的时候，许度则有点转圈，他总感觉到自己哪里不对，想来想去，还是钱的问题。是的，他觉得自己在钱上不能一点态度也没有，这让一个男人会很失体面，于是他打电话叫来了自己的大哥。他希望大哥能给他五千块钱，他想，自己一旦有了五千块钱，第一件事就是要跑到金店去，给阿了买一对耳环，他觉得阿了那两只美丽的耳垂真是朴素得太久了，让人心疼。

大哥说来就来了。大哥见到许度时就把大腿绕在二腿上，滋溜滋溜地抽烟，脸膛子赤红，火盆色，跟从炉膛里刚拿出来的一样。手指头粗大而畸形，手背上拱起的青筋像是山坳里的田垄。弟兄二人你一段我一段地谈家里的事，等把这个话题说纯粹了，许度就说自己和阿了的事，说着说着就把阿了的照片拿了出来。这是一张阿了在公司春节文艺晚会上的照片，真是漂亮极了，许度的虚荣心膨胀到了极点。可是大哥只是远远地看一眼，就继续抽他的烟。许度觉得大哥不便在自己未来弟媳的相貌上表态,就谈婚姻的事,开口向大哥借钱。大哥比许度大十几岁,有点像日本民歌《北国之春》里唱的那个被叫着老父亲的家兄。小时候家里清贫,大哥的爱,使许度根本就没体会到童年的孤独、饥饿和时光难挨,上了大学后,许度的所有学费也都是大哥通过打猎、挖山笋和采茶攒齐的,如今大哥和别人合伙办了一茶厂,经济条件当然比以前好多了。"往后拖拖吧。"大哥慢滋慢悠地说,扑啦扑啦地掸着掉在自己膝盖上的烟灰,"他们要盖厂房,我要挺二十多万呢,你大嫂又从牛身上摔下来了,被医师抓了个理由,死命地剖钱,少不了要去两万多。"许度半天没说话,但是大哥好像并没有为许度的沮丧和意外而触动,继续嘬他的烟。过了几分钟后,大哥说:"你在家就任性,那是黄口雀子,出来闯荡了,一个人说什么也不够用的,平日里把窗户打开了,多听听别人的。"许度不开心:"这些话我看在电话里说就够了,干吗要跑这么远的路来说呢。"大哥揉了揉眼,看着窗外不吭声。是逆光,大哥眼角旁的皱纹一根根地拢起,深刻而不含糊。屋里没有空调,电扇咯琅咯琅地转着,许度的头上脸上全是汗。这时,大哥在口袋里摸索着什么,过了一会儿掏出一只皱巴巴的信封来,"老四,这里有一封信件，你看看，看过就算了，不要声张，阿妈有话跟你说。"许度感到很奇怪，"谁写的？"他问。"你看看吧。"大哥说。许度把信拿过来，拆开信瓢子看了。

信封和信笺上面的字都是电脑打的，信不长，也就三层意思：第一，写信人自称是许度的好兄弟，为许度的堕落和不争气而惋惜；第二，说许度找了个女朋友，是远近有名的破鞋烂帮子，最近还被人强奸了，整个城市无人不知，整个公司无人不晓，人人避之不及，但许度如获珍宝，已让人笑掉了大牙；第三，许度不听任何人劝，一意孤行，非常危险。

许度一下就想到了段哲喜。他知道段哲喜一直在追阿了，在阿了身上用过的计谋能编成一本三国。不知为什么，阿了对他也说也笑也闹也愿意应邀陪他吃饭，但在爱情上就是没有感觉。许度和阿了的事情半公开后，许多人都表示祝贺和承认，但是段哲喜一直就跟自己过不去，平时，话里充满了嫉妒和揶揄，迁怒于此，在主任面前也没少上自己的烂药。他还跟许度说过："我没放弃！""这个畜生！"许度骂着，拨通了段哲喜的手机，但是对方却在通话中，他又接连拨了好几次，对方仍然在通话中。

许度拨手机时，大哥看出了名堂，就说："你别跟朋友翻脸膛子,人家是为你好。如果真如信中说的,我看老四你是要寻思一下。阿妈接到这封信,几夜没睡,我们老许家几代清风嘹亮,这门亲事进不了山的,阿妈那身子已经够驼的啦,说什么也背不动那些闲话。"许度瞪着眼说:"别说阿妈背不动,大哥你也背不动,我出来几年后才发现,我们整个坝子都背不动。我背,我一个人背,不是说她是破鞋吗,被强奸了吗? 我不在乎,就是阅人无数的妓女我也不在乎。"大哥点上一支烟说:"这个事没有一个人说要跟你包办代替的,还是你说了算,不过,阿爸阿妈也好,堂子里的姐妹兄弟也好,还有你那些朋友,眼看着你不在杠子里了,都不会哑口的。你不听,那是有你的想法,我们都不会再说第二次。"许度又去拨段哲喜的手机,仍然占线,经过一番激动反而平静的他向大哥解释说:"阿了被人打劫是事实,但是被打劫不一定是被强奸呀! 那个人打劫阿了时,被阿了用头盔砸烂了头,后来发现有人来,就跑了。"你听,为了强调这里的可信性,他显然编了一个细节,如"后来发现有人来,就跑了。"这个事,接着他又找出证据说:"那条路是一条连接城市中心和城郊的主干道,别说是夏天,就是冬天,一时也少不了行人,那个人吃了豹子胆也不敢那么从容地去强奸。说这种话的人,去这样想的人,都是傻瓜,脑子占线,不通来着。"大哥不想再说什么,他把烟头搓碎了,装在自己的衣袋里说:"我下午就回去了,你好好的,别的我就不说了。"

许度没吭声,过一会儿,眼泪竟然流了出来。大哥也看见了,就说:"别人说算个什么,关键是你自己心里柱壮就行,我回去和阿妈说,你真是要今年结婚,我再把资金重新排一下。"许度是挽留大哥的,可是大哥自己偷偷买了票走了,走时给许度留下了一张存折,三万七千元,大哥在留言上说:"别让人家说我们不懂事,女方喜欢什么,你先买吧。"许度拿着这张存折久久没有吭声,他脑海中乱成一锅粥。

大哥和那封信像一块石头,在许度刚修复的地方又重重地击了一下,尽管他在大哥面前极力否定,极力辩解,但这种辩解,既是为了一种虚荣,也是一种自我安慰和壮胆,其实,他在看到那封信时就被彻底击垮了,那种为阿了的辩解,不过是一种挣扎而已。也就是说,他对大哥带来的那封信是基本认可的,他站在爱情的门口又止步不前了,而且对阿了还有了一种莫名的憎恶,他感到自己被骗了。

每年春节,企业都要举办文艺晚会,阿了每年都是开场舞的主角,今年照例选了她。同时,人事部还通知阿了,7月份,有几个工人,为了赶制博览会礼品,在回公司的路上被困海岛,但是他们还是历经艰险回到了公司。公司决定把这个故事改编成小品,让阿了担当其中的主角,届时,电视台会派记者来现场拍摄专题。阿了带着喜悦的心情把这个消息通过短信告诉了许度,但许度没有回音,此后再也联系不上了。阿了迷惑,她多次去设计部和许度家寻找,但是都没找到。阿了突然想到,去年她在演出时,许度好像对一个男演员抱着她旋转有些不快。想到这,她好像明白了许度不给自己回音的原因,便立刻找到负责彩排的领导,说了十几种理由,终于把表演的事给推了。从工会出来,她第一件事就是给许度发去信息,告诉他今年自己不参加任何演出了。她高兴地想,最多两分钟内许度就会给自己来电话。但是,一连两天,她也没接到许度的回音。于是,她做了一个决定,下班后,就在许度的家门口等。

夜里十点多钟,许度回来了,他在开门时顺手打开了灯,一束灯光立刻破门而出,然后把屋外的许多景物一一分拣出来,就在这时,他看见了阿了。阿了站在树下,一只手紧紧攥着包带,很生气的样子,目不转睛地瞪着许度。许度没有过去问候,他打开门,径直走进屋里。不久,阿了也跟了进来。进门后,阿了发现许度躺在床上,两眼空洞地看着天花板,显然是喝酒了,酒气一下子就把屋子充盈了,从外面刚进来的人会有一种很强烈的感觉。"为什么找不到你?"阿了问,站在那一动不动,影子就在离许度很近的地方。"忙!""为什么关机?"

"忙呀!""这么说我可以走了。""我真的很累。"许度说,翻了个身。

阿了气不打一处来,她冲过去推了许度一下,说:"你什么意思?"

"没有呀,我忙!"阿了无可奈何又迷惑不解地看着许度,她慢慢退到墙角,咬着自己的嘴唇。屋里好静,许度好像要睡着了。阿了的眼泪慢慢地溢了出来,她带上门走了。阿了刚走,许度就坐了起来,他起身把门推上,然后坐在那抽烟。这时,他的手机突然响了,是阿了的,躲不过去了,他说:"你好!""我不想听到你这种问候。""你想要我说什么呢?""你又犯病了,我想知道病因。你不能这样对我,你不能把我当磨刀石,你会把我磨死的,今天你要把话说清楚,我不想再耗,我一点力气都没有了。"我想这句话激怒了许度,他冷笑

190

一声说:"可以,你先回答几个问题再离开我吧。那天晚上你是怎么脱身的?""呸!"阿了把手机挂了。许度的怒火一下子就起来了,他又拨通了阿了的手机。"你到底有没有被强暴?"他问。"畜生!"阿了又把手机给关了。许度蹲在地下,捂着自己的脸。这时,他的手机突然又响了,阿了在手机里歇斯底里地叫着:"我没有,我没有,你别侮辱我!"叫了几声,阿了再次将手机关了。

这种丧心病狂似的大骂和歇斯底里的大叫,对矛盾着、痛苦并莫名地怨恨着的许度来说却是一种安慰,他安静下来。过了一会儿,他突然想到是深夜了,忙打去电话,但是阿了没有接,他觉得自己很疲惫了,便躺在床上。两个小时后,许度的手机又响了,是阿了打来的:"许度,我一直就在你的楼下……你真变了,在我出门的这么长时间里,你都没有出来看一下……你的心真狠,男人的心真狠。有人说,男人的心都是罂粟花,不能碰的,因为你,我觉得我到死才能相信这句话,现在我相信了。"许度忙爬起来,跑到窗前向外看,他没看见人,他只听到阿了低声哭着说:"我已经知道,男人向女人求爱的过程就是下毒的过程,等毒性发作了,男人就走了,不是吗? 许度,你凭什么要这样折磨我呀，别说那个晚上我侥幸活了下来，即使我被强奸了又与你有什么关系？那是我的事，我想一死了之，可是你偏偏要来爱我，对我的今生和来生大包大揽，海誓山盟，那时候哪怕我烂得只剩下了一段你也不在乎。可是现在呢，你步步紧逼，你早就做成了一个大牢笼，你成了一个翻手为云，覆手为雨的大法官，整天想着怎么审判我，而我只是一个可怜的囚徒，一只深陷泥潭的小羊……"阿了哭得一塌糊涂。许度猛地打开了门，他发现阿了在一个垃圾箱后面蜷缩着，他的心像被是刮了一下，蓦地疼了，连忙跑过去，把阿了一下搂进自己怀里。

"那天晚上是你原谅了她还是她原谅了你？"席克问，把烧出很长一截的烟灰轻轻地弹在烟灰缸里。

"我们彼此原谅了。"许度说，"看着她浑身脏兮兮的样子，想到这个当初在自己面前如此清高的女孩为了一份爱，走到这种乞求的地步，我突然为她伤心。"

是的，许度紧紧搂着有些战栗的阿了，也流出了眼泪，他在心里默默地发誓，再也不计较阿了的过去。阿了仰起泪脸问他："为什么要对我这样？为什么你变得这么快？你心里到底在想些什么？能告诉我吗？如果你真的觉得我配不上你,请你告诉我好吗?我会离开的,因为我现在没有什么奢求了,我知道自己的分量,我什么都能接受,我只求安静地度过余生。"对于阿了这番悲观阐述,许度痛心不已,他主动说:"宝贝,我心里老出问题,是我的错!""那我们就分开一段时间吧?只要能让你快乐!或者彻底分开,我总觉得这才是我们最后的结局……"阿了说到这说不下去了,低下头,整个身子在战栗,眼泪大颗大颗地滴在她的衣服上。许度一下抱住阿了,紧紧的。阿了去拨他的胳膊,嘴上说:"我也不再提结婚的事了。你如果觉得还没有准备好,我们就把这个事放一放。""不!"许度有些凄惨但又是悲壮地说,"我一定要让你体面地走进婚姻殿堂。"阿了看着许度的眼睛,她要在那里对答案。她看见许度的泪水潸然而下,她很感动,相信这个时候许度说的就是肺腑之言。接下来,我特别想删去一些章节,因为有些描写不宜观瞻,后来在我的母校吉林大学,我的一个文友跟我讨论这件事说,这个章节你删去会显得你很虚伪,同时,我根本就不相信,你会有更体面更含蓄的文辞能代替它们。就表达思想深度方面,你自己必须要接受这样一种叙述。

许度把阿了带进了他的浴室,然后,脱去自己的衣服,又脱去了阿了的衣服。淋浴室里马上呈现出了一黑一白的两大视觉色块。许度脱去衣服后,显出了山里娃那种强健和剽悍。阿了被深深地吸引着,在水柱从天而降的一刹那,她轻轻地趴进了许度的怀里。洗浴立刻被打断,当两人都感觉到自己的肉体被对方紧紧包容或剧烈充满时,他们就在水柱下开始了疯狂肉搏。一次,两次,一次接着一次,阿了半张着嘴,发出温和而急促的呻吟声,忽然,她感觉许度的身体不知道在什么时候转到了自己的身后,接着,她被许度一下按在地上。为保持自己,她不得不跪在垫子上,双手支撑在前面。阿了先是感到许度从后面紧紧勒住了她的腰,接着听到许度突然大叫起来,他一边叫,一边猛烈地疯狂地撞击着阿了。阿了痛了,她扭动着身子,一下子让开了许度那个巨大的锋芒,同时,她也被许度的大叫吓住了。她一把抱着许度,"怎么啦?你怎么啦?"她惊恐万状地问。许度瘫在阿了的怀里,浑身发抖,双拳紧攥,脸色铁青,大口大口地喘着粗气。阿了为了让许度镇定,不停地抚摩他的脸,不停地吻着他的额头和嘴唇。我们可怜的阿了,她死都不会知道,这个刚刚为爱发完誓,现在开始和她做爱的男人,此时又想到了那个晚上,想到了那个男人从后面强暴阿了的细节。这种想象不仅再次使他顿生痛恨、嫉妒、责怪、痛苦和迷惑，而且使他极度亢奋和精神分裂，如果不是阿了及时躲避，他完全能把这种爱的形式演变成一种复仇，最终导致阿了身受重伤。

"你这种心态阿了并不知道。"席克说，"这真可怕。"

"是的。"许度舔了舔干燥的嘴唇，"她一点都不知道，她沉浸在感激和幸福中。她觉得接下来一切都会好了，从此鸟语花香，云开雾散。"

"她真的错了。"席克同情地说。

"是的，我有时想离开她……"

"你为什么不这么做，你可以挽救两个人！"

"但是我想我完全分裂了，不能自主了，因为我爱她，我不敢想象我会把这样一个美女从我身边放走。"

"这是爱吗？"

"是爱。但也有肮脏的虚荣心和自私心理，还有很多很多……"

"阿了真倒霉！她应该知道自己的处境。"

"警官，你说得真好，她的处境一直很险恶。"

"尤其是要陪伴你。这种等候真是糟糕透了。"

"我想等着她的不仅是我已经完全病态的心，还有更可怕的事情。"

## 九

是的,这件事还没算完,此后,许度和段哲喜的一次聚会,把阿了又向深渊里推进了一大步。

晚上的时候,段哲喜打来了电话,邀请许度喝酒。许度想到了那封信,心里一沉,但突然又觉得不仅不能得罪这种人,还得要搞好和这种人的关系,便连忙赶到海鲜楼。段哲喜迎上来,又是拥抱,又是亲吻,然后解释自己请客的原因。原来一个企业主看中了段哲喜的一个产品创意,给了两千块钱,段哲喜就喊了几个人来祝贺。

酒散了,许度显然意犹未尽,他在段哲喜身边耳语,诚挚邀请段哲喜能和他一起到扎啤屋坐坐,他说他实在是喜欢那个地方,他对那个地方有依赖,他还充满诗意地说,他的魂就拴在那里,像个宠物,每隔一段时间,他不得不过去看看。段哲喜欣然接受。彼此心知肚明,许度希望能借这样一个机会改善一下两人的关系,许度自己也承认,他的确是在向段哲喜献媚。

到了扎啤屋,许度首先敬了段哲喜一杯。段哲喜把那杯扎啤干了，然后问："有事吗？""没事！"许度说，"心里闷，就是想找你坐坐。"两人立刻都认可了这种喝酒的理由，便你一杯我一杯地喝。有刚才白酒在前面跑，再加上这杯扎啤的渲染，两人很快就有了醉熟的意思。段哲喜拉着许度的手说："许度，我不是你的情敌，这一点我必须跟你说清楚，你听到了没有，没听清楚，我可以重复。"许度蒙眬状，这种被酒鬼们叫作"梅花酒"的喝法，让他有深陷囹圄的感觉。"我家祖辈几代都是海碰子，练出的就是开豁的胸襟，像海一样，像大海一样。"段哲喜夸张地挥了一下胳膊。许度竖了一下大拇指。"我知道你和阿了的关系已经到了什么地步，我有自知之明。""得罪！"许度向上抱拳，并猛烈地打了一个嗝，以至于整个身子都跟着晃动了一下。

"我必须接受这个现实，人要学会成人之美呀！"许度头抵着桌子，先握着段哲喜的手，然后摇它。"你和阿了结婚那天，我他妈的一定要喝醉，我一定要出洋相给所有人看，让他们笑场，我要用这样一个有创意的举动，为你的大喜日子活跃气氛。这个举动不得了，是一种自戕，是一种忘我的牺牲！"许度的心里面突然产生一阵委屈和感动，他哭了，呜呜地哭。领班的过来了，他认出了许度，要求许度克制，因为这里是公共场所。段哲喜身子向后夸张地倾斜，手指着领班说："你走开，我看着你走开，否则，我也哭，号啕大哭！"那领班连忙走开了。

哭了一会儿，许度把自己给控制住了，段哲喜拍了一下许度的肩头说："是不是被我感动了？"许度说："谢谢你的理解！"段哲喜拿了一串烧烤在手里挥动着说："我段哲喜是聪明的。我的两只眼睛，跟反潜战斗机一样，别说能把你和阿了的关系给看透，就是你的困惑，你的矛盾，你的烦恼，你今天的这场醉酒，都清清楚楚地在我的眼里。阿了成了你的痛！"说到这，段哲喜用手指头点了点许度的胸口。许度突然拥抱了段哲喜，在段哲喜的怀里直摇头，半天才把段哲喜放开。

"我理解你。"段哲喜说，"不过这件事你要扛起来，你对她有承诺了吧，这就行了。"段哲喜向四周看了看，压低声音说，"别说阿了被人强奸了，就是做过鸡，你也把这口唾沫给捡起来，我支持你。"许度很感动，但是段哲喜的话是双面刃，他还是深深叹了口气，他想了再想，最后问："哲喜，我对阿了的事一直很困惑，你觉得那天晚上阿了会被强奸吗？"段哲喜颠着腿，沉吟一下说："谁听说这件事，谁心里有数，那种情况……唉，这不能怪她，你就想想开些吧，往好处想，往宽处想。"许

198

度的心口越扎越紧,整个人在发呆。段哲喜又拍了一下许度的肩头,然后端起酒一饮而尽说:"来,让我俩的恩恩怨怨起于阿了也终于阿了吧。再说,我的性格你也知道,对女人特别挑嘴,别说被人强奸了,就是和别人谈过恋爱的我都不要。我从来就没瞒过你,打认识你,你就知道,我是一个口无遮拦的人,也是一个坦荡的人,一般是三分钟内必须让人把我看透。我跟你说,我的女人都是高中生,艺校学生。像阿了这种人,NO!NO!NO! 早就在我心中淘汰了。"

这是前后矛盾的话,许度苦涩地笑了笑,然后又叹了口气。

段哲喜语重心长地叮嘱说:"最近,公司里风言风语,大家都在谈论这件事,居心叵测的人比比皆是,你要扛住,这是你俩的事,不关天不关地,至于你家里的人,可能会很忌讳这个,不过你总不会说,我找个媳妇是被强奸的, 只要别人不知道, 这事就这样了, 来,喝! "

许度突然感到一阵的烦恼,他一仰脖子把一大杯扎啤又喝了。喝完后,他拉着段哲喜的手说:"哲喜,你说得太对了,我心里很矛盾。""别这样说,换我也矛盾,换雷锋都矛盾。"段哲喜伸出一个指头强调说,"这么大的事,关系到一个男人的尊严,关系到一个男人在别人眼里的形象,再远些,都让你不寒而栗,还关系到下一代的名声。当然,人的境界不一样,如果是我,我是肯定不会要这种女人。酒高了酒高了,我说这话,是酒话,请问,能让你怎么办? 这个时候,面对这样一个事情,只能呼唤英雄,再说,估计你也没办法的,你……你小子上过人家床了吧,哈哈哈哈……"许度苦涩地笑了笑。"这就没办法了,对于她来说,你上她也好,别人上她也好,都无所谓,对于你来说,哈哈哈哈……高了高了,我是酒话呀,就等于写了欠条了,是要认账的! 认就认吧,怎么还不是一辈子,结婚后,还可以谈这件事,我他妈就准备离五次以上的婚,不停地离,直到我说停止才可以。"

这个晚上,基本上都是段哲喜在说话,这是许度认识段哲喜以来第一次说了这么多的话,许度似乎有些相见恨晚的感觉,十二点后,两人才向家里走。都醉了,家变得异常难找,好在他们年轻,在各家附近徘徊了近三个小时候后都摸回去了。

早晨七点,许度给段哲喜打来电话,在这次通话里,他已经把段哲喜当成兄弟了,他透露了自己和阿了的许多细节。"我相信她的话,"他说,"我觉得,在那

200

条路上,那个人不可能这么容易得手。"段哲喜说:"我想想我想想。应该是的,阿了被强奸的可能性不大。我同意你的观点。"许度却叹了口气,他的心情像是一只被死死踩在脚尖下的灰鼠在拼命地挣扎着。"怎么?还是不放心?"段哲喜问。"心乱如麻!""这样吧,阿了出事后,不是在旺口派出所报案的吗?我有个哥们儿在那,铁哥们儿,一起喝酒,一起嫖娼,我帮你打听一下。"不知为什么,许度慌忙说:"不用,算了……这事就这样了。"

第二天上午,许度面色憔悴,坐在那发了半天呆,中午在去食堂打饭的路上,他叫住了段哲喜,他嗫嚅了半天才说:"……如果要了解这件事……通过什么渠道?"段哲喜忙说:"还惦记这件事呢?昨天我真是喝多了,说了许多无聊的话,这个事,就别提了。"许度说:"喜子,帮个忙吧,我不想冤屈她,也不想老是折磨自己。"段哲喜推了一下许度说:"收起来吧,早些年有个网络名词听过吧,叫见光死,你应该知道什么意思吧?人呀,半梦半醒之间最好活,水清则无鱼嘛。我看这个事就蒙上吧。对你,对她,对社会都有百利而无一害。""不……我想……"许度反而更为迫切地说。段斜睨了许度一眼,叹了口气说:"这事还真有难度,你知道,调

201

档案是犯纪律的。这年头,当个小警察也不容易。"许度只会说:"帮个忙吧,人情我还!帮个忙吧!"段哲喜神情凝重,半天才很响地咂了下嘴说:"我努力一下吧。"许度没有说谢谢,而是叹了口气。第二天,许度去伏家垒出差,刚上车,段哲喜打来了电话,许度忙说:"算了,不用了,我不想看了……"段哲喜却冷漠地说:"拿到了。""那……"许度话到嘴边又咽了下去。

　　许度心里装不下段哲喜那句"拿到了"的话,很快就结束了手上事回来了,他在海边的古堡里约见了段哲喜。天气阴晦,海风成片成片地跌在浪上,一层一层地码高,又一起倒下,再码高,再倒下,坐在窗口等段哲喜的许度感到眩晕和恶心。不一会儿,段哲喜来了,外面好像有雨,他的头发是潮湿的。两个带着海怪面具的服务生来问茶水,许度胡乱地一指,服务生就离开了。段哲喜坐下后掏出一支烟给许度,许度摆了摆手,段哲喜自己把烟点上了,长长地吁了一口,然后看着憔悴的许度不说话,间或笑一下,也不知是什么意思。等茶水齐了,段哲喜指了指自己的胸口说:"不要看了?"许度头低着,认真考虑着段哲喜的建议,最后,还是向段哲喜伸出了手。段哲喜仍然端详着许度,当他确认了许度的态度后,慢慢地从上衣口袋里抽出两张纸来。显然,这不是笔录的全部,但仅有的两张纸上已经承载了最为关键的部分,而这关键的部分里又渗透了段哲喜的深入研究,那上面的画线部分,显然是段哲喜要重点强调的。

在这份笔录里,阿了声泪俱下,向询问她的警官详细描述了那个撕心裂肺的夜晚。她的确是被强奸了……

许度把那两张纸上的内容接连看了十几遍,脸上红一阵,白一阵,直到完全蜡黄。过了一会儿,许度慢慢地放下了那两张纸。那两张纸好像很重,许度把它们放下时,手重重地磕在桌子上。这时,段哲喜伸过手来,许度笑了一下说:"我做纪念了。"然后,把那两张纸装了起来。"你要为我朋友负责。"段哲喜认真地说,满脸的严肃。"能做到。"许度说,捂着自己的脑袋。"我想单独待一会儿。"段哲喜听懂了,他站了起来,拍了拍许度的肩头,走了出去。出了城堡,这个可耻的家伙(对自己作品中的主人公妄加评论,是小说家的愚蠢行为,但是现在我完全可以给他这样定性)嘴角处划过一阵浅浅的笑,同时还表示讽刺地摇了摇头。他如果知道还会高兴的是,许度在这个城堡里一直坐到天亮。

这个夜晚,阿了也没有睡着,她在反复思考自己和许度的事情，仔细检查自己和许度相处的每个环节，她对许度的反复无常，似乎有些明白，又似乎不能理喻，最后，她觉得，如果是许度一直对自己那天晚上是否被强奸而苦恼并对自己出尔反尔，这完全是一种背叛，自己在这个时候必须保持矜持，这或许是一种武器。为此，她放弃了打电话给许度的想法，并且决定此后的几天都不打电话给他。第二天，阿了在百无聊赖和莫名的彷徨中接到了段哲喜的信息，他想在晚上约阿了出来喝茶。阿了想了想，答应了。

六点半的时候，他们在一个叫薪水的茶社坐下了，段哲喜要了两瓶 RONSNY1992，然后先把阿了面前的杯子加满，再把自己的杯子加满。阿了说："我很少喝酒的。"段哲喜说："随意。我从来就看不起那些劝女人喝酒的男人，这种男人往往居心叵测，为此，我宁愿把自己喝醉。"阿了把包放在一边，笑着说："在女人面前宁愿或者说故意要把自己喝醉的男人也不是什么好男人吧？"段哲喜很尴尬，阿了哈哈笑了，声称自己是在开玩笑。在这方面，段哲喜的抗打击能力十分强，他有了这个台阶很快就调整过来，非要和阿了把第一杯碰了不可，阿了说："这里的气氛不适合这样喝酒，我们也学着浪漫些吧。"段哲喜只好自己多喝了一些。

一个小时后,两人把两瓶半酒都喝了。酒大多装在了段哲喜的肚子里,阿了就觉得段哲喜的眼珠子开始放卫星了。阿了的领口是那种最时髦的唐胸口,乳沟腼腆而丰满地半裸着,段哲喜的眼珠子在那里跑偏了好几回。此时,阿了才觉得今天晚上自己实在不应该穿这种衣服来赴段哲喜的约会。"段老师,"阿了说,下意识地抚弄了一下自己的胸口,身子也向上引了引,这样正好可以收回一些尺度:"我想打听一下许度的事。"段哲喜的脸色顿时就很难看了,他说:"你的这句话,我一直就等着呢,我知道你不会这么爽快地就答应来陪我喝茶的。呵呵,我的判断就这么准确。"段哲喜说着,一仰脖子,把一杯酒喝了下去。阿了不知说什么好, 在那发呆。段哲喜把自己的酒加上说:"听说你们要结婚了?"阿了说:"你是许度的同事和朋友,我也一直很尊重你,你应该为我们祝福。"段哲喜点了点头:"你说得很对。但是,谁来祝福我? 我不可以有这个机会吗? "段哲喜的情绪突然高涨和激动起来,并且可怕地看着阿了, 有几道血丝生硬地绑在他的眼球上。阿了装着没听懂,她笑了笑说:"你结婚那天,我们同样会祝福你的。""和谁结婚?""搞笑,我怎么能知道?""我和谁结婚谁倒霉!""不会的,你很优秀。""谁必定倒霉,

205

因为我失去了我所爱的,她和许许多多的她都是我的无奈。""段老师真会开玩笑。"段哲喜把杯中酒一饮而尽说:"是的,生活给我开的这个玩笑真是太大了。"阿了叹了口气,笑了笑说:"我觉得我找了一个很麻烦的话题。""是的。"段哲喜说,"我不喜欢这个话题,我也不会满足你的要求。你应该知道,爱情自私而冷酷,一点调和的余地都没有,我根本就不会做你们的鸡尾酒。我不会束手就擒,我可以让他多发几球,让他先排名靠前。我完全能控制得了这个局面,因为,他不懂得爱,他如果爱她,就不会怀疑她,猜疑她,就不会动摇,就不会躲避,不会反复无常,就不会无视爱他的那个姑娘的真心……我不能理解他的行为,一点都不能理解,我为这个姑娘伤心,为她蒙在鼓里而伤心,而我只好眼睁睁看着这个事情发生,只能做一个忧心如焚的局外人……"段哲喜真的流出了眼泪。阿了也流着眼泪。两人的眼泪各有去处,不说也罢。段哲喜突然握住阿了的手说:"阿了,我原来是那么懦弱,那么无能,我一直爱着你,默默地追求着你,我在表达事物时口若悬河,但是,在这件事上,我却不如一个经常目瞪口呆的人。我错了,我希望得到一个补考的机会,请允许我表白,我爱你。"阿了慢慢去挣脱自己的那只握在段哲喜

206

手里的手,这时,段哲喜突然站了起来,他走到阿了面前,一下子抱住了阿了,然后一边去狂吻,一边去揪阿了的乳房。阿了个子很高,她很快就控制住了这个局面,她冷静地一字一声地说:"放手,我喊服务员了,我喊起来很难听的。"段哲喜愣了一下,慢慢地沮丧地放开了阿了。阿了蔑视地看了一眼段哲喜,站到了一边。她的衣服被扯乱了,但她并不去整理,海风吹来时,她的头发和她的衣袂一起飘动和闪烁。她脸色苍白,但是在这样一个古堡里显得那么纯净和高雅。段哲喜突然感到很冷,他低着头说:"对不起,我酒高了。"阿了眼里泪光闪烁,她冷笑一声说:"不可能吧,谁不知道你是白酒二段,两斤的白酒,要抵上多少瓶红酒。""喝多了。""过去你在我面前一直不是很斯文吗?怎么啦?到底沉不住气了!""真的喝多了!""不仅仅如此,今天你给了我一个信号,我阿了可以任意被索取和凌辱了,任何人都可以向我伸咸猪手了,你段老师也可以趁火打劫了。""不不不!你误会了……""你真该死!你这么想,你真该死!""不不不,"段哲喜狼狈不堪,向自己手心啐了一口,然后啪地拍在自己的脸上。他打得很重,头猛烈地摇晃着,看上去像是只被重击的乐器。阿了不吭声了,站在那里呛着海风,有一线泪水,斜着蠕动在她的脸上。段哲喜可怜地说："事情原来能变得这么糟糕，真的对不起，我真会制造悲剧，但是，希望你能相信我对你的真情。我是真心的。这你能相信吗？"

"我只能给你透露一个谜底。你的真心，过去我相信过，但是过去我也想问你，你这种 Nimrod 真的能和我结婚吗？我觉得你需要的，你乐此不疲的只是征服，而我所需要的是一生一世的依靠，这一点，真的太难为你了。"

段哲喜叹了口气说："这都是误会。在沟通方面，我好失败！"阿了说："我可以走了吗？"说着，却向前走了。段哲喜忙上前一步，乞求说："我们一起走吧。"阿了停下了脚步，段哲喜喊来服务生，把单埋了，引着阿了往外走，迎面来了一拨人，阿了立刻露出了笑容，这样看上去，她和旁边的段哲喜又像一对情侣了。

许多作家都抵挡不住巧合的诱惑，我俗，自然也是。不过这是一场真实事件，我们谁也不可阻挡地就让它发生了。

段哲喜和阿了刚从薪水茶社出来，迎面就碰上了许度和花立军，四个人一下子就怔住了。由于意外、愤怒和不解，许度的脸腾地就红了。阿了则死死地恨恨地看着许度。花立军显然不喜欢段哲喜，身子侧到一边点烟去了。这时，段哲喜推了一下许度说："你小子跑哪去了，害得我给你当保姆，这下好了，我把她交给你了。"许度好像缓过劲来，他满脸僵硬地一挥手说："进去，我们再喝一杯吧。"段哲喜一边下台阶，一边说："还喝，天哪，拜托，不要把人命闹到我的头上呀，你们三个喝吧，我走了。"说着，他打了个响指，喊停了一辆出租车。这时，一直恨恨地看着许度的阿了突然说，"等一下。"然后疯了一般地钻进了他的车的后座。段哲喜跟跄了一下，摊开手说，"这怎么得了。""走，走——"阿了几乎是歇斯底里地冲段哲喜喊，段哲喜显得很无奈但心里很幸福地钻进了车。花立军看了眼许度，许度脸色铁青，咬着牙，低着头，一步一步，走进了茶社。

　　N29138 的车在三环上风一般地狂驰，阿了仍然不觉得快，"再加速，加速！"她喊。"对，加速！飞起来！"段哲喜也跟着喊，"哈哈哈哈哈哈。"的哥又挂了一挡。"我们去哪里？"段哲喜快乐地问。"没有终点。"阿了说。"对，没有终点，把志远城给我们兜一圈，我们要视察，我们来了。"段哲喜振臂欢呼。"滚下去！"阿了好像才发现段哲喜在车上，她怒喝。的哥很意外，他看了下段哲喜。段哲喜向的哥自嘲地笑了笑说："必须执行，靠边！"

段哲喜下车了,然后把两百元钱放在副驾驶的前台上,"把这两百块钱跑完。"他说,然后看着出租车开走了。出租车刚冲出去一百多米,段哲喜发现,他放下的钱被人从后车窗扔了出来,他连忙跑过去,但风很大,一下就把钱吹向了桥下。段哲喜愤怒地挥了一下手,好像要用刀把阿了划开一样,嘴上恨恨地骂着什么。

出租车开出去两公里后,阿了叫停了,她给的哥付钱时泪水滴在的哥的白手套上。

这是一个城市风景区,却是个死角,树木葳蕤而阴森,几只丹顶鹤的雕塑在树丛里显得孤独无奈,苍白无神。阿了下车后,走到一棵树下,不停地看手机,我想手机上面并没有许度发来的信息,在刚才的奔驰中,我们也没有听到许度的电话,阿了扶着树,嘤嘤地哭起来。等哭够了,她给许度打去电话。

许度和花立军在薪水不断地喝酒,一直都没说话,估计在阿了把段哲喜从车上往下撵的那个时节,他高兴地对花立军说:"呜,这下好啦,我解放啦!哈哈哈哈!"他脸色苍白,而过去只要喝一杯酒,他的脸都会红得像火鸡的颈子。花立军敲着桌子说:"你他妈就

210

不是人，阿了就是破鞋，你也不能让段哲喜这个猪佬再穿一次，这是我花立军的观点。"许度突然趴在桌子上，摇起了手，花立军发现，许度哭了。花立军瞪了许度一眼，"现在你的眼泪有毒，"他说，"哭吧，把氰化钾都哭出来就好了。"许度手机响时花立军说："是阿了。"许度忙去看手机。花立军说："不要接！听我的。"许度看到了手机，果真是阿了打来的，心情痛苦而愤怒的他在矛盾着，就在这时，阿了的手机挂了。"她还会打来的。"花立军胸有成竹。但是，阿了再也没有打来。花立军说："你可以打给她了，你问问，她在哪，我估计段哲喜就在她附近。"许度好像对花立军的这种指挥有反感，他没有按照花立军说的去做，而是结了账，声称想回家，先自走了。走到门外，花立军走到电话亭拨了电话，但是没打通，他跑回来说："刚才我打阿了电话了，她没接。"许度说："谢谢，我先走了。"

阿了一直就在那里，她等不来许度的电话，早已经是心灰意冷，一时间，不可思议的是，自己竟然感到很冷，她这才向小路上走。而那辆出租车竟然没走，一直就静静地停在那里。车内，的哥笔挺地坐着，手套又干净又白，整个人也像是一尊雕塑。见阿了走出来了，他按了一下喇叭。阿了的视力不是太好，当她发现慢

211

慢驶向自己的出租车就是原来的车时,她很感动。的哥为她拉开了副驾驶的门,她却坐到了后面。的哥并不介意。车子向前滑行时,的哥打开了车载音响,是《蓝色生死恋》。"谢谢,谢谢!"阿了不停地说,她在孤独的时候,被这音乐所抚慰,让她充满了感恩的心情,但是的哥并没有说话,仍然一脸严肃地开他的车,一直把阿了送到了厂里。

阿了去推自己的摩托车时,突然发现许度站在那里,她的心一阵温暖,她鼻子一酸,非常想哭,并想扑向许度的怀抱,但是不知为什么,她却强忍了自己的眼泪。这时,许度一步一步走了过来,他一下抓住阿了的车把,先是冷冷地看着阿了,许久才问:"你准备去哪?"阿了很失望,她没理许度,只顾去推车,但许度手上的力气很大,她推了几次都没推动。"我在问你呀!"许度一字一句地说,脸色骤然间就变得铁青,声音很大,毫无顾忌的样子,浓烈的酒气从他的嘴里喷出来,几乎把夜色都稀释和瓦解了。阿了把被风吹下来的一绺头发扶上耳际,她说:"我不想在这里跟你吵架。放开!"许度松开了手,阿了把车子启动了,许度腿一跨,坐在了阿了的后面。阿了迟疑了一下,然后一加油门,向城郊开去。

几十分钟后,许度发现,阿了把自己带向了旺口大堤,就在那个阿了去年夏天出事的地方,许度叫停了。四处幽暗,浓密的夜色在风的吹拂下显得阴冷而诡异,刚才还炫目的城市灯火,已如遥远的天河,它们在远处微弱到麻木而懒散。脚下就是那段大堤,许度和阿了都深切地敏感着,一时间,这段大堤撑满了两个人的心,并且不断地蠕动和吞噬起来。阿了不由得打了一个寒噤,而许度则愤懑得很,他极力克制着自己,"你和段哲喜到底是什么关系?"他问,有些颤抖,声音被夜色放大了好几倍,又好像被重复了,阿了就觉得自己多次听到了这个声音,她看着许度说:"你无聊!"

　　"你一直就在骗我。"

　　"是吗?"

　　"为什么要骗我?"

　　"你想说什么你说吧,不说我要走了。"

　　许度抓住车把说:"我有话说,我说完你就走。"

　　"废话别说,我听够了!"

　　"我正式宣布和你分手。"

　　阿了一怔,她直直地看着许度,愣了很久,然后冷静地说:"那好呀! 不过,你不应该浪费我的油钱,这句话你在城里就可以说的。"见阿了发动了车子,许度伸手把车钥匙拔了。阿了说："既然已经分手，为什么还不给我走？"

"分手前，我想听你亲口说出事情的真相。"

"你要什么真相？对于一个毫无关系的人来说，真相还有意义吗？别再浪费你的油盐了，收锅吧。"

"哼，就这地方，去年夏天的那个晚上。"

阿了狠狠扇了许度一个耳光，她说："你去死吧，你真可恶。"许度有些意外。阿了几乎是咆哮地说："你什么时候才能罢休？你是怎么给我承诺的？你下跪，你下贱无比地说，你以后再也不提这个事？如果再提你就死！你那时候多可怜，多么让我难以接受，但是我原谅了你，我是看在你信誓旦旦的份上才原谅你的，可是你又卷土重来了，你这个毫不讲信义的小人……你还是先兑现诺言吧，去死吧。"许度一把揪住阿了的胳膊，他问："你说你没有被人强奸，你亲口这样跟我说过！"

"你希望我被人强奸吗？"

"我希望你跟我讲真话。"

"我的真话已经重复了无数次了，你去死吧！"

"你一直在重复谎言。"

"你想让我怎么回答你？就让我说我被强奸了？那又怎样？你不仍然和我分手了吗？"

214

"但是,你不应该一开始就告诉我你没有被强暴!在这件事上,你从来就不真诚。"

"我不真诚吗?你像是一根打着活结的细铁丝,处心积虑地套在我的脖子上,我每真诚一次,你就收紧一次,无情地不断地收紧,我知道最后的结局……畜生!还有什么一开始没告诉你。不是一开始,到今天,我都可以说,我没有,我没有被强奸,你有病!最可怕的是,你还要把我逼出病来!放开我,你去死吧。"阿了去夺自己的钥匙,许度推开阿了,不无嘲讽地说:"我去了派出所。去了旺口派出所。"阿了傻子一般地看着许度,她知道这意味着什么。"我看到了那份笔录。"许度拿出那两张纸,在阿了面前晃了晃。阿了忙去抢夺,但是许度却把那两张纸收回到了自己的衣袋,他咬着牙,不无嘲讽地说:"在这上面,你实在不应该说那么多,说得那么详细,而且是当着几个男警察的面……"阿了愣愣地看着许度,浑身战栗,脸先是红着,然后就像纸一样的白,两行泪水,刷地就下来了。半天她才说:"你打听我了?""这是我必须要做的事,因为我一直就善于被人愚弄着。我不应该清醒吗?"许度冷酷地回答,还显得有些得意。

"你凭什么打听我的隐私?你有什么资格?你经过

215

我同意了吗？你不觉得你这样做特别冷酷,特别不近人情,不够男人！"

"我有知情权,因为我是你的爱人。"

阿了摇了摇头,伤心欲绝地说:"我的爱人在这件事上不会有知情权,他会永远忘却它,模糊它,可怜它,因为这件事不利于两个人之间的交谈,不利于他们去沟通,会让他们久久地伤心,有的人因此会死去……"说到这,阿了有一种气绝的样子,又不停地摇了摇头。

"我不这样想。"

"所以你做了,所以所有的都将死去。"

"你别这样说。"

"我不会向你撒谎,我现在说的,都是我以前计划好的,谁揭开它,谁就死在这个事件中,你看看我的眼睛,这里有我的决心,矢志不移。"

"我管不了这么多。"

"你不是要全面包办我的吗？包括一生,你真的会用诗来粉刷你的爱情。现在怎么了？又不爱了？"

"你看呢？"

"不爱我,为什么要同情我,傻子都会想到,那样一个夜晚,我的仇人自然是蓄谋已久,加上是惯犯,我不会那么侥幸,我必被凌辱和糟蹋。你是一个多么聪明的人,你不会想不到,可是你竟然奋不顾身地来到我身边。当初我怀疑过你,甚至蔑视过你,我觉得你最大的可能是趁火打劫,所以我对你的帮助一直保持警惕,一直未被你的真诚所打动,后来我屈服了,因为我也天真,我相信,如果凡事都有万分之一的可能,你就可能身居其中,那么伟大,像神一样会施舍、宽宥和饶恕。但是,我还是中计了。""中计?""是的。你以为我冤枉你了吗?""哼,是侮辱,不是冤枉。""那就算是侮辱,现在看来,这个词用在你身上还能算是巧合吗?""该死的婊子。"谁也想不到许度为什么要这样骂,但同样出乎意料的是,阿了对这句话并没有剧烈的反应,她只是冷笑着看着许度。这显然刺激了许度,他咬着牙说:"我要知道那天晚上的全部过程。"许度浑身颤抖着,这让阿了有些害怕,她按了阿知的号码。同时,她看见,许度拿出自己送给他的那块表,并且在地下找着什么。阿了知道他找什么,她指着堤旁的一块巨大的石头说:"你摔吧,你摔!"许度高高地举起手,将那块表狠狠地摔在一截涵管上。阿了伤心而绝望地看着许度,默默地关了自己的手机。"你开始吧,我要听直播。他是怎么干你的?"许度异常凶狠地说,嘴唇在颤抖。"什么?你说什么?这种话也能出自你的嘴,这种话

217

……你……我什么都不想说,你不是有笔录吗?"阿了的手也在不停地抖,嘴唇顷刻间就灰白起来。"不,婊子,我要你说。""既然是决定分手了,你为什么还要打听这件事?那可是我的隐私!"阿了突然出奇的平静。"我好奇,我想知道。这个欲望一直折磨着我!""我只能告诉你,你所猜想的都是正确的,你很聪明,我祝贺你!""哼哼哼!""你不用这样笑。我告诉你只是让你不要再受这件事折磨,算是还你的人情。但是我也要说出我心里的话,他强奸了我,但是他没有杀死我,不管当时发生了什么,又因为什么,他都没杀死我,可是,你强奸了我,也快把我杀死了。我看见他腰上有一把刀,但是一直都没向我举过,而我却看见了你举在我头上的刀子,锋利得能割断一切的刀子,你这个货真价实的屠夫,变态狂!"许度狠狠扇了阿了一个耳光,阿了想冲上去,却被许度推到一边,阿了不敢相信地极度委屈地看着许度,而此时的许度则冷静得十分吓人,"这么说他真的强奸了你?"他问。阿了冷笑一声,咬牙切齿,充满仇恨地说:"不是强奸,是做爱。"许度脸上的肌肉跳动了一下,然后死死地僵硬在那里。

"他的东西真庞大,你不能比。"

许度的眼睛几乎是鼓凸着。

"他体毛旺盛,一直连到小腹,有一种赏心悦目的征服力。"

许度好像在笑着,又像是在哭着。

"你说的对,我摆出了一个姿态,我原来是想让他站着和我做的,我喜欢这样,这样很贱,很淫荡,很刺激,可是你不会。但是他却偏好从后面,他说那样会让我更快乐!这是件好事,我干吗不答应呢,我答应了。他压根就没撒谎,我很快乐。"

许度的嘴奇怪地向一边歪着。

"还有呀,最初因为过于庞大反而使他笨拙得要死,是我帮了他,你听清楚了吗?是我主动帮了他,呵呵呵,在整个做爱过程中,我为他真出了不少好主意,因为我怕他折磨我,我要保住自己的命,我只有想办法让他快乐才会保住我的命。"

"你无微不至。"许度小声说,嗓子突然有些沙哑,眼睛完全红了。

"呵呵呵,是的。我还不停地抚摩他那个小家伙,因为他有点紧张,你能想得到,那是一条大路呀,尽管天很晚了,但是谁也不能保证不会有人过来,所以他总是不坚挺。你知道吗?我当时很焦急,小家伙不坚挺他就会无休无止地缠着我,我就无法脱身,我就可能被他杀死。我吮吸了它,我很细致,很认真,像雕刻一件玉器,最后它挺拔起来,像山一样的高大峭立。""你很快活吧?"许度说,挫着自己的牙。"是的,你总是这样聪明。我像到了天堂,因为他很有力量,几乎把我穿透,来来回回,没完没了……""你不是说他不行吗?"阿了轻轻地拍了拍许度的脸颊,摇了摇头,微笑着说:"NO,他真的厉害!""你很开心吧?""是的,开心。"许度扑上去,他显然是想捂住阿了的嘴巴,结果却扼住了阿了的脖子,就在这时他看见阿了的眼泪一下子就滑落下来……

## 十

庆功会定在 9 月 18 号召开,乌铜副局长打来电话,说李局长在烟台开会,17 号晚上一准回来,当天不要让欧阳席克出差,他要亲自给席克挂红花。而子尚却向乌铜副局长报告了一个不好的消息:犯罪嫌疑人许度和做伪证的花立军在押解的过程中逃脱,两人出城后各奔东西,目前正在追捕。

一年后。7 月 17 号夜 11 点。旺口大堤。当日天气晴朗。

一辆粉红色的踏板摩托车下了大桥后,直向旺口大堤开来。开车的是个姑娘,长发飘逸。三年间,在旺口大堤连续三次发生抢劫强奸杀人案,可以说妇幼皆知,但是,今天晚上,在这样一个深夜里还是有一个女孩敢这么往家走,这让人匪夷所思。当然,我们希望她能平安到家,但是,既然是来说案件,就要拿一个典型说事,所以,这个女孩已经出现在我的作品里了,她必须要出事。

这个女孩刚离开大桥五十米,一辆摩托车从桥下突然开了出来,然后悄悄地尾随女孩而去。开车的人个子不高,但身材魁梧,穿雨衣,戴头盔,从眼罩中,我们分明能看到他是蒙面的。

不一会儿,蒙面男人的车子提速了,不时地呈 S 形向前飞驰。当女孩的车子开到那片小树林时,蒙面男人高速冲了过去,一下子就把女孩从车上撞得翻下了大堤。见女孩翻下大堤后,蒙面人先是不慌不忙地将自己的车子停下来,然后轻轻地拉下了自己的头盔。就在这时,意想不到的事情出现了,一个黑影突然从石头后面跳了出来,他挥舞着手中的刀子,狠狠地向蒙面人刺去。转眼间,蒙面人连中数刀,他躬着腰,踉跄着,向后退了好几步,接着一口鲜血吐了出来。这时,那个黑影举着刀又冲了上来,蒙面人也拔出刀,只是向前一送,黑影便"啊"的一声倒在了一边。这时,刚才被撞下车的女孩爬上堤来, 她一下子骑在蒙面人身上,"哗啦"一声亮出了手铐,就在这时,蒙面人一个翻身,将那个女孩压在身下, 然后高高举起了刀子。女孩一边去擎蒙面人拿刀子的手,一边高喊:"师傅!"话音刚落,有人打枪了,"啪!""啪!""啪!",蒙面人的头颅顿时爆裂。

开枪的是欧阳席克,他见蒙面人中弹,便提着枪从树后跑了过来。

这时,女孩子也把头套给摘了,原来是杜子尚。此时, 子尚和席克一起向那个黑影跑过去。当席克打开手电筒时,他们都惊呆了,这个黑影原来是负案在逃的许度,此时,他伤势很重,大口大口向外吐着血。手里紧紧攥着阿了给他买的那块手表的表膛。他看着席克,极力想说些什么,但是一句话也没说出来,最后,他把那块表高高地向上一举,头歪向了一边。席克将许度手里的那块表拿下来时,子尚也揭开了蒙面人的脸罩并摘去了他的假发。

是花立军。

222